文芸社セレクション

りんどう慕情

春名 紀子
HARUNA Noriko

文芸社

もくじ

りんどう慕情

タッチー

一

夫の健一が本社に転勤することになった。

私達夫婦ともうすぐ二歳になる一人娘の洋子を乗せた大型旅客機は、一九七三年五月末の土曜日午後二時、アメリカ中西部のインディアナポリス空港に着陸した。ホノルルとサンフランシスコに一泊ずつして、三日がかりの長旅になったのは、日本支社総務部の部長が、幼い洋子の体調を心配してくれたお蔭だった。お陰で洋子は三日間、どこでもよく眠りよく食べ、笑顔を振りまきながらよちよちと歩き回っていた。

夫が洋子を抱いてゆっくりとタラップを降りた。頭上から降り注ぐ強い日差しは、日本の真夏以上の厳しさで、慣れない肌には突き刺さるようだった。それでも閉ざされた機内から解放されたばかりの私達にとって、広い滑走路を吹き抜ける乾いた風は、身体にも心にもこの上なく心地よく感じられた。

五年前にペンシルベニア大学でＭＢＡを取った後、健一はそのままアメリカで就職することになった。当時インディアナポリスに本社がある医薬品メーカーが、たまたま日本進出を計画していたのだ。彼はそのメーカーの日本支社に勤めることになり、毎年一、二度は本社へ派遣されてきていた。

健一と社内結婚をする前は、私も神戸三宮の日本支社に勤めていたのだが、当時はインディアナポリスがアメリカのどこにあるのかさえ知らなかった。

四月になり、そろそろ持っていく荷物の準備をと思っていた頃、健一が夕飯を食べながら、詳しく赴任先の説明をしてくれた。

「カナダとの国境に五大湖が並んでいるだろう。インディアナポリスはその五大湖の一つ、ミシガン湖の南岸に接するインディアナ州の真ん中にある。西隣のイリノイ州の州都シカゴからは飛行機で南へ一時間位で、緯度は秋田県や岩手県と同じくらいだ」

「それじゃあ、夏はそんなに暑くないのね」

「いやいや、インディアナポリスは中西部の大平原のど真ん中だからね、気候は典型的な大陸型で、夏は乾燥して凄く暑いし、冬は寒くて雪に閉ざされてしまうんだ。おまけに日本と違って夏と冬が長くて、春と秋は極端に短い。そのつもりで準備をしてよ。それともう一つの特徴は、インディは人口の八割以上が、ヨーロッパの中部か北部にルーツを持つ白人でね、アメリカの中では有色人種が少ない州なんだ。しかも農業が盛んで保守的なところだから人種差別もかなり残ってる」

そう言えば、本社から日本支社へ赴任してくる社員は例外なく白人だった。そのうちの何人かの夫人とは、年に二～三回ある社内のパーティーで顔見知りになってはいたが、自宅へ電話をして助言を求めることができる程親しい人は、一人もいなかった。私は夫の話を参考にして、衣類は夏服と冬服を中心に送ることにした。

それからの一ヶ月間は友達の伝手を頼って、一年間留守にする自宅を借りてくれる人を探したり、車を売ったり、めまぐるしい日々が飛ぶように過ぎていった。

インディアナポリス空港で私達を出迎えてくれたのは、アメリカ人としては小柄な金髪の女性で、三十代半ばくらいに見えた。当時のアメリカ人女性の平均身長は一七〇センチくらいと聞いていたが、彼女は一六二～三センチだった。ピンクと白の細い縞柄を織り出した半袖のワンピースを着て、ふっくらした顔に人なつこそうな笑みを浮かべている。健一に向かって右手を差しだし、よく通る声で言った。

「初めまして、私のことはメイと呼んで下さい」

健一は笑顔で握手をしながら、自分のことをケン、妻のことをナツコ、娘をヨーコと呼んでくれるようにと彼女に告げた。

挨拶が済むとメイは、まだ足もとが十分に定まらない洋子と身体を傾けて手をつなぎ、私達を駐車場へと案内してくれた。白い大きなフォード車を運転して高速道路を走り、街の中心部にそびえ立つ高層マンションの、四階の一室に案内した。

「ケン、あなたは火曜日から出社です。月曜日には家を決めるので、明日は一日ゆっくり休んで下さい」

リビングルームの入り口でメイは手帳を開き、てきぱきと健一に予定を告げた。それから先に立って、ゆっくりと他の部屋を案内した。ゆったりとした2ＬＤＫで、ソファやベッドなどの家具や洗濯機、冷蔵庫、調理器具、調味料など、生活にすぐに必要な物は全て備え付けられていた。

しかしどうやら私達三人は、ここにずっと住むわけではないらしい。世界の各地から本社に転勤してくる社員の家が決まり、その家へ移るまでの一時滞在のために、会社が用意している部屋なのだそうだ。

「明後日の月曜日は午前十時にお迎えに来ます。あなた方が一年間住まわれる家を一緒に探しましょう」

メイはにこやかにそう告げると去っていった。

窓を開けて下を覗いてみた。広い中庭の真ん中に、濃い緑の木々に囲まれた大きなプールが見える。腕時計を見るともう午後四時を過ぎている。しかしプールサイドには、半袖シャツにカラフルなショートパンツ姿の人々が大勢、デッキチェアに寝そべっていた。

少し休んだ後、私達はマンションの敷地から外へ出てみた。辺りをぶらぶらと歩き回り、その日の夕食を食べられそうな、小さなフレンチ・レストランを見つけて予約をした。続いてメイに教えられた通り、近所のスーパーマーケットへ行って、食パンや牛乳、果物、肉、卵、野菜など、四、五日分の食料を買い込んで、部屋に戻った。


翌日は十時過ぎに、朝食を兼ねた昼食を食べた。フライパンや食器、スプーンやフォークを洗って流しの横の戸棚に片付けると、もうすることは何もない。テレビニュースを見ている健一を部屋に残し、私は洋子を連れて中庭のプールサイドへ下りてみた。昨日とは変わって空全体が曇っていて、戸外は半袖では少し肌寒いくらいだ。

それでも日曜日のせいか、プールには大勢の人がいた。水着姿の子供達が七、八人、唇を紫色にしながら、水中でボールを取り合って賑やかに遊んでいる。大人は三人の男性がゆっくりと泳いでいるが、ほとんどの人はデッキチェアにもたれて、喋ったり本を読んだりしていた。中には洋子に微笑みかけてくる年配の女性もいたが、無関心を装いながら冷たい目で、ちらちらと私達を盗み見している人が多い。

見回すとプールサイドには、私達以外に有色人種は一人も見当たらない。そのせいもあって何となく居心地が悪い。だがしばらくすると、私達に注意を向ける人は一人もいなくなった。私はほっとして、デッキチェアの上で洋子を抱いて、ゆったりと足を伸ばした。

そのうち身体に当たる風が急に強くなってきた。見回すと周囲の様子がおかしい。人々がざわめきながら立ち上がり、上空を指さしてガヤガヤと不安そうに騒いでいる。つられて見上げると、空がいつの間にか夕方のように暗くなっていた。まるで台風みたいな強い風が、ビューービューーと音を立てて吹き始めた。

しばらくしてもう一度見上げると、遙か遠くの空に、細く高い渦巻き状の真っ黒い雲が立ち昇っている。それが激しい風に乗って、まるで上下に引っ張られた独楽のように猛烈な勢いでくるくると回りながら、こっちに向かってひた走ってくる。

竜巻だ！　人々が口々に叫びながら一斉に走り出し、みるみる周囲に人がいなくなる。私も洋子を抱いたまま慌てて立ち上がろうとした拍子に、被っていた黄色い麦わら帽子が風に吹き飛ばされ、プールの水の上にふわっと落ちた。あっ、と眼で追ったが、構っている暇はない。洋子を抱えたまま、ゴム草履をつっかけて人々の後を追い、必死で建物の入り口へと走った。

最後に私が走り込むと、入り口に仁王立ちしていた中年の白人男性が、ひどく緊張した表情でものも言わずに、バタンと大きな音を立ててドアを閉め、鍵をかけた。

一階のホールでは大勢の人々が三々五々、不安そうな表情を浮かべ、けたたましい声で喋っている。私は人々の間をすり抜け、洋子を抱いて満員のエレベーターで四階に戻った。人をかき分けてようやくエレベーターから出ると、廊下には健一が、緊張した表情で私達を待っていた。

「話には聞いてたけど、本物の竜巻に遭ったのは今日が初めてだよ」

健一は日本ではめったに見られない竜巻に遭遇したことに、ひどく興奮していた。

十五分ほど経つとようやく暴風が治まったようだ。私はそっと部屋の窓を開けて、中庭を見下ろしてみた。プールサイドでは大柄な黒人男性が一人、たくさんの壊れたデッキチェアをひっくり返し、外から飛んできたゴミと一緒に、庭の隅に積み上げている。プールの水面一杯に浮いた黒々としたゴミの真ん中に、風に吹き飛ばされた私の黄色い麦わら帽子が、半分水とゴミに埋もれながら浮いていた。

二

約束通り月曜日の朝十時に、メイが部屋の入り口に現れた。今朝は濃い黒のサングラスをかけている。昨日と同じ大きなフォード車に私たちを乗せ、町の中心からまっすぐに東の方向へと走る。まだ五月だというのに空気が澄んでいるせいか、今日も太陽光線の強さはまるで真夏のようだ。

「日差しが強いから、まぶしくて運転がしにくそうですね」

私がそう言うと、メイはにっこりと笑って得意そうな表情で頷いた。

「そうなんです。だから東の地区に住むのが一番いいんです。東の地区に住めば、朝出勤する時は西に向かって運転するから、太陽がまぶしくないし、夕方自宅へ帰る時には夕陽を背にすることになって、やはりまぶしくないでしょう。だからこの町では東の地区の方が、西の地区よりも土地の値段も家賃も高いんですよ」

健一と私はふーん、そうなのか、と驚いて、二人で顔を見合わせた。

ビル街を抜けるとすぐに広い住宅地に入った。出発後二十分ほどで着いたのは、日本風に言うと三階建ての豪華な賃貸マンションだった。三棟の石造りの建物がコの字型に配置されていて、真ん中の芝生の広場にはプールが見える。

ここは徒歩圏内にショッピングセンターがあるんです、とメイが言った。

「建物はちょっと古いんですけど、豪華でとても感じのいいアパートでしょう。私の一番のお勧めで、家賃もぎりぎり予算内に収まります」

その言葉に健一も頷いた。メイは空いている部屋があるかどうか聞いてくると言って、一人で真ん中の建物の中へ入っていった。ほどなくして出てくるとにっこりしながら、東側の建物の二階の端の部屋を指さした。

少し遅れて背の高い瘠せた中年の白人男性が、大きな金属の輪に通した鍵束を持って、建物の入り口から出てきた。ところが彼は、車の傍に立っている私たち三人の方に視線を投げたとたん、立ち止まって眉をひそめた。メイを呼び止め、そのまま彼女を従えて、真ん中の建物の中へ引き返していった。

しばらくして私達の所へ戻ってきたメイは、苦笑いを浮かべながら肩をすくめた。

「残念ながら彼の記憶違いだったんですって。あの部屋は昨日借りる人が決まったばかりで、ここには他に空いている部屋はないそうです。でも、もう少し遠いけどお勧めの物件がありますから、そっちへ行ってみましょう」

管理人の態度の余りの露骨さに、私はすぐにピンときた。彼は有色人種である日本人を、ここに住まわせたくないのだ。だからと言って私たちにはどうすることもできない。そんなことに腹を立てて、メイを困らせても仕方がない。

私は彼女の言葉を信じた振りをして、黙って頷いた。傍に立っている健一の表情を窺うと、彼も硬い表情を浮かべて、眼を逸らせながら二、三度頷いた。

黒人解放運動で有名なキング牧師が暗殺されてから、まだ五年しか経っていない時期だった。インディアナ州は古くからコーンベルトと呼ばれる、トウモロコシと小麦の大規模農業地帯の一部で、北部にありながら比較的南部の影響が強い保守的な所だと、いつか健一が話していた。


次に案内されたのはもう少し北へ行った所だった。北側がぐるりと長い塀に囲まれた、広大な住宅団地になっている。塀の中には赤いレンガ造りの横長の建物が、木立の間に立ち並んでいるのが見える。

一棟一棟が二階建ての八軒長屋で、一軒ごとに小さな可愛らしい深緑色の三角屋根を載せた玄関が付いている。それぞれの家の裏庭の塀にもドアがあって、そこからオープンの駐車場へ出られるようだ。建物と建物の間には、コンクリートの広い通路が縦横に走っている。

団地の中央には大きなプールとテニスコートと、住民共用だという平屋建てのクラブハウスが設けられている。ブランコや砂場などの周囲に芝生が植えられた児童公園も、木立の間にいくつか見えた。

児童公園にはところどころにベンチが据えてあり、若い女性が小さな子供達を遊ばせている。車の窓から子供を見つけるたびに、洋子がはしゃいだ声で「ママ、ママ、ほら見て」と叫んだ。

通路をゆっくりと走りながらメイが言う。

「ここはさっきの所より比較的若い住民が多いから、ヨーコの遊び相手を見つけやすいでしょう。歩くにはちょっと遠いけど、大きなショッピング・モールもありますよ」

私が家の中を見せてほしいと頼むと、メイはオーケーと言って、団地の中央辺りにある建物の前に車を止め、中へ入っていった。

すぐにメイと一緒に出てきた白髪頭の管理人は、私たちをじろりと見てにこりともしない。引き返そうとはしなかったものの、向き合うと一メートルほど離れて立ち、硬い表情のまま自己紹介をした。私も挨拶はしたけれど、彼の南部訛りの強い早口の英語は、ほとんど聞き取れなかった。

案内されたのは東北端の棟の西から三軒目だった。玄関の前からは北側の公道が見通せる。公道は団地の敷地より一メートルくらい低くなっているが、かなり車の交通量が多いように見えた。

メイに続いて北向きの玄関を入ると、すぐ目の前に二階へ上がる階段と廊下が延びている。ゆったりした階段の下には、戸棚と洗面台の付いた広いトイレがあった。廊下と平行に縦長のダイニングキッチンが設けられていて、南側には十六畳くらいの広さのリビングルームが広がっていた。リビングルームと階段には、毛足の長い緑色の真新しいカーペットが敷き詰められている。廊下とダイニングキッチンの床は、白と茶色のモザイクになった人造大理石。二階には廊下を挟んでクローゼットつきのベッド・ルームが二つ。二階の廊下の奥はバスルームになっている。

私たち三人家族には十分な設備と広さだ。周囲の通路で遊んでいる子供達が多いことも気にいって、その場で契約を済ませた。

町の中心へ戻ると、メイの案内で一緒にサンドイッチの昼食を済ませ、次はレンタル家具屋へ連れていかれた。そこはまるで倉庫か工場のような平屋のだだっ広い建物だった。日本では見たこともない程大量の、様々な色や形式の家具が、通路を挟んで眼の届く限り並べられている。入り口に立ってメイが言った。

「あなた方が自分の家に必要だと思われる家具を、ご自分の好みに合わせて自由に選んで下さい」

えー、自由に選んでって、家具全部を今すぐここで？　私は反射的に頷いたものの、次の瞬間頭が真っ白になった。どうしよう、と思えば思うほど胸の動悸が速くなる。

私はまだ二十九歳だった。日本でも一人で家具売り場へ行ったことはないし、自分で家具のような大きなものを買った経験もない。結婚前にデパートで家具を揃えた時には、母に「どっちがいい」と聞かれた時だけ、二つずつ見比べては、「こっち」と指さしながら決めていった。ましてこの場合は予算も分からないし、どの程度の何をどれだけ選べばいいのか、見当もつかない。

健一はと見ると、彼は家具選びなんか自分とは関係がない、と思っているらしい。洋子と手をつないで、入り口の辺りをゆっくりと歩き回っている。

「洋子、これはホワイト。ほら言ってごらん。ホワイト」

「ホワイト」

「そうそう。これはブラウン、ブラウン」

どうやら娘に英語で色の名前を教えているらしい。気楽なものだ、と思った。

メイが心配そうに私の顔を見ている。いつまでもぼんやりしているわけにはいかない。

冷静になろうと周囲を見回してみるが、恨めしい気持ちはなかなか消えない。大体日本の会社だったら、一年だけの海外転勤という場合には、家も家具も会社が前もって、適当に準備してくれるのではないだろうか。少なくともニューヨークやサンフランシスコのような大都市には、そんな場合のために、家具付きのアパートがあると聞いたことがある。

しかしここでは、あくまで個人の好みを優先するというのが建前のようだ。食べ物だろうが家具だろうが、一人前の大人なら、自分の好みに合うものを自分で選ぶのが当然、とされているのだ。そのことは以前、何かに書いてあるのを読んだことがあった。ただし好みに合わせて選ぶとは言っても、どんな場合にも当然守られるべき常識があり、守られるべき予算というものもあるはずだ。

私はそれまで当惑だけが渦巻いていた頭に、必死でギリギリとねじを巻いた。アメリカ、特にインディアナポリスのような地方では、自宅で客をもてなすことが多いと聞いている。四年前に結婚してから、神戸に駐在しているアメリカ人社員のお宅のホームパーティーに、何度か招かれた事があった。彼らの習慣では、自宅に招いた客には家のしつらいを隅々まで見せるようだ。寝室のクローゼットの中まで、扉を開けて見せてくれた若い夫人もいた。

そんなことを思い出しているうちに、どんなものを揃えればいいか、少しずつ見当がついてきた。私は覚悟を決めて店内を歩き回り、まず最初にフロア全体を見て回った。

入り口に近い所にはシンプルで値段の安そうな家具が集められ、真ん中辺りには比較的クラシックなスタイルで、落ち着いた色に塗装された木製の家具が多く、奥に行くほど大理石のテーブルや総革張りのイタリア製のモダンなソファなど、いかにも値段の高そうなものが展示されている。

私は通路を歩きながら考えた。敢えてメイに予算や金額のことは聞くまい。知ればそれが気になって余計に選びにくくなる。中クラスと思われる家具の中から、自分がいいと思うものを、最低限必要と思う数だけ選び出そう。そうすればおそらく予算オーバーにはならないだろうし、たとえ少しくらいオーバーしたとしても許されるだろう。そう心を決めるとようやく少し落ち着くことができた。

まずリビングルームのカーペットの色に合わせて、全体に緑色のコーデュロイを張った三人がけのソファと、芥子色のコーデュロイを張った木製の椅子二脚とを選んだ。次に脚部にシンプルな飾り彫刻の付いたセンターテーブルと、それとお揃いにデザインされたコーナーテーブルを二つ。リビングルームと寝室には天井灯がなかったので、象牙色の布製の笠がついた大きめの電気スタンドを五個。机、伸長式のダイニングテーブルと肘掛けのない椅子を六脚。寝室には私たちのためのツインベッドと姿見の付いた整理ダンス。子供部屋には泊まり客がある時の予備のために、ベビーベッドではなく、大人用のダブルベッドを置くことにした。

メイは最初から最後まで一言も口を出さず、一緒に歩きながらメモを取っていたが、私が全てを選び終わると、いかにもほっとした表情を浮かべた。

火曜日の午後にはメイは、私と洋子を町の中心にあるデパートへ連れていった。カーテンやタオル、ベッド用のリネン、食器などの売り場へ案内してくれる。私が商品を選んでいる間は洋子と手をつないで、楽しそうに売り場を歩き回っていた。

全ての買い物が終わった後、私は食器売り場へ戻り、メイが手に取って値段を見ていたウエッジウッドのペアのマグカップを買って、彼女にプレゼントした。

「お世話をするのが私の仕事ですから、こんなことをする必要はないんですよ」

そう言いながらもメイは、嬉しそうに受け取ってくれた。

別れ際に彼女は洋子を抱き上げて頬ずりをし、私にこう言った。

「こんなに大人を困らせない子供には初めて会ったわ。あなたは将来、子育てで苦労をしたとは絶対に言えないわよ」

週末には会社がレンタルしてくれたビュイック車が届いた。健一の知り合いから、中古のソニーのテレビを一〇〇ドルで譲ってもらって、いよいよ三人でアパートへと移った。

そこには私が冷や汁をかきながら選んだ、家具一式が既に据え付けられていて、リビングルームには洋服ダンスを二つ合わせたような、がっしりした木箱が置いてあった。中には一ヶ月前に私が日本から船便で送った、家族の一年分の衣類や履き物、薬箱、本、漆器、掛け軸などが詰められていた。

三

家の中が落ち着いたので、ご近所に引っ越しの挨拶をしようと、まず東隣の様子を窺った。そこにはどうやら二十代の男性が二人で住んでいるらしい。単に独身の男性二人がルームシェアをしているのか、それとも男性同士のご夫婦なのか、よく分からない。明るい時間帯には、二人ともほとんど家にいないようだった。健一と相談し、こちらにはご挨拶の必要はなさそうだ、という判断を下した。

他方西隣のお宅には昼間は人の姿は見えなかった。毎日夕方になると白髪の婦人と、娘さんらしい短髪の若い女性が、別々に帰ってくる。二人ともお勤めをしている様子だ。

早速次の週末に健一と洋子と三人で、浮世絵をプリントした和紙を携えて訪問した。

「日本からのお土産です」と差し出すと、「どうぞ、どうぞ」と中へ請じ入れられた。ふっくらとして五十代に見える白髪のお母さんはケリー夫人で、娘さんはマギーだと自己紹介をしてくれる。ケリー夫人は市の中心部にあるデパートで店員をしていて、マギーは幼稚園の保母をしているそうだ。

驚いたことには、ニューヨークに住む息子さんが日本女性と結婚しているのだと言って、日本酒を振る舞って下さった。

しばらく話しているうちに、国によって風俗習慣が違うのが面白いという話になった。一例として、アメリカではご近所に新しい家族が引っ越してきたら、前から住んでいる方が、歓迎のプレゼントを用意して訪問するのが、古くからの習慣なのだそうだ。だが最近ではそういう昔ながらの風習が廃れ、新しい隣人が引っ越してきても気にもしなくなった。それでつい挨拶に行くのが後手になって申し訳ない、と言われる。こちらこそそんな風習を知らなかったので、押しかけてしまってごめんなさい、と笑いながら謝り合った。


午後日差しが弱まって少し涼しくなる時間帯に、洋子を連れて団地の中を散歩していると、児童公園の隅にバスケットボール用のゴールポストが立っているのを見つけた。学生時代にバスケットボール部にいた私は、早速買い物のついでにショッピングセンターのおもちゃ屋で、バスケット用のゴムボールを買ってきた。

公園の砂場で洋子を遊ばせながら、一人でシュート練習をしていると、まっ青な目をした男の子が一人で、公園の中に入ってきた。見ると五年生くらいだろうか、背の高さは私と同じくらいで、ブルーの半袖シャツにジーンズを穿いている。ずっと傍に立って私の動きを見ているので、「一緒にやらない？」と声をかけてみた。

男の子はちょっとはにかみながらも、嬉しそうに頷いた。三十分くらい二人でボールを取り合い、シュートの競争をしていると、さすがに息が切れてきた。私はストップをかけて、男の子に自己紹介をすることにした。

「私はナツコ、あの子はヨーコという名前よ。どうぞよろしく。先週日本から来たばかりで、夫の仕事の都合で一年間だけここに住む予定なの」

「僕はジムです。よろしく。あなたはバスケットボールが上手だから、凄く楽しかった」

ジムも息を弾ませている。

「有り難う。でもあなたの方が上手よ。この団地に住んでるの」

「いいえ。ここに住んでいる友達の家を訪ねて来たんだけど、留守だったんです」

そう言った後、急に彼は表情を引き締めて姿勢を正し、改まった口調でこう言った。

「あなた方ご家族のインディアナポリス滞在が、楽しいものになりますように」

私はあっけにとられると同時に感心した。日本の小学生の男の子が、初めて会った外国人に向かって、こんな風に挨拶をすることができるだろうか。この子は余程きちんとしつけられているのだろう、と思った。我に返った私は慌てて答えた。

「有り難う。又一緒にバスケットボールをしましょう」

「はい、明日も又ここで会えるといいな。ナツコ、ヨーコ、バイバイ」

ジムは手を振りながらゆっくりと去っていった。

翌日もその又次の日も、私は同じ時間にボールを持って公園に行ったが、二度とジムに会うことはなかった。

「正体の分からない日本人なんかに近づいてはいけません」

両親からそんな風に言われたのかも知れない。私は会った事もないジムの父親のことを、礼儀正しくて保守的な南部気質の人、つまり、心の底に人種差別意識を持つ紳士なのだろうか、と勝手に想像した。

次の週末、洋子のために三輪車を買った。月曜日の午後、裏庭の外の通路で遊ばせていると、小学校高学年くらいの女の子が近づいてきて、にこにこしながら話しかけてきた。

東隣の棟に住んでいるのだと言う。淡い茶色の髪に緑色の瞳が印象的な子だった。尋ねると五年生だと言い、しばらくの間洋子の三輪車を押して遊んでくれていた。

そのうち洋子が喉が渇いたと言うので、その子も一緒に台所の中に入れ、二つのグラスにオレンジジュースを入れて、どうぞと差し出した。女の子は最初ひどく遠慮をしていたが、もう一度勧めると嬉しそうに頷き、飲み干すとグラスを置いて喋り始めた。

「私の名前はルーよ。両親が働いているから、放課後は一人で留守番をしているの」

そう言ってダイニングテーブルを見回し、ここで今のうちに宿題をしてもいいかと尋ねた。母親が帰宅するまでに宿題を済ませておかないと、叱られるのだと言う。

「勿論いいわよ。どうぞどうぞ」

ルーは鞄から算数ドリルを取り出した。二十分くらいかかって宿題を済ませると、今度は鞄の中からかなり使い込まれたトランプのカードを出して見せ、一緒に遊ぼうと言った。ソリティアのやり方や、一人でできる占いの遊び方などを、熱心に私に教えてくれた。

五時を過ぎた頃、ルーが家に帰ると言うので、「又いつでもいらっしゃい」と言うと、嬉しそうに頷き、手を振りながら駆け足で帰っていった。

だがルーもやはり、二度と我が家に姿を見せることはなかった。

日本に住んでいる外国人も、近所の人たちからこんな風に扱われているのだろうか、と淋しい気持ちになった。いつだったか、日本語の中で「がいじん」という言葉が一番嫌い、という外国人が多いと、新聞で読んだことを思い出した。

四

月曜日の朝、私は健一を送り出してから朝食の後片付けを済ませ、ダイニングテーブルに向かって新聞を読んでいた。洋子も傍で椅子に座り、黙って絵本を眺めている。

ふと眼を上げると、四、五歳くらいの金髪の男の子と茶色い髪の若い女性が、北側の公道に立っているのが見えた。女性は白いシャツに緑色のパンツ姿で、二人は手をつないで所在なげにじっとしている。

何をしているのだろう、と思いながら窓越しに見ていると、すぐに黄色い小型のバスが来て道端に止まり、男の子だけが乗り込んだ。女性は手を振って見送っているようだ。

ああそうか、幼稚園の送迎バスを待っていたんだと納得して、そのまま新聞を読んでいた。しばらくすると、コツコツと、玄関のドアをノックする音がした。

「え、誰かしら？」と思いながら立っていってドアを開けると、白いシャツに緑色のパンツを穿いた女性が、こちらに背中を向けてドアの外の石段に座り込んでいる。

驚いて、「大丈夫ですか」と声をかけると、その人は座ったまま振り向いた。見ると顔中を涙でぐしょぐしょにして、まだ頬に涙をぼろぼろこぼしている。慌てて助け起こした。アメリカ人にしては小柄で、背丈は一五八センチの私と同じくらいだ。

「一体どうしたの？　さあ、とにかく中へお入りなさい」

「スコットが、スコットが行ってしまったの」

「え？　どこへ行ったの？　もう帰ってこないの？」

驚いて聞くと、子供のように手で涙を拭きながら、小さくかぶりを振る。

「午後二時までは幼稚園から帰ってこないの。彼が行ってしまうと悲しくて悲しくて、私はもうどうすればいいのか分からない」

よく聞くと、一人息子が幼稚園に行っている間、一人で家にいると淋しくて居ても立っても居られない、ということらしい。洋子が黙って眼を丸くして見ている。

「今コーヒーを淹れるから、涙を拭きましょうね。しばらくここでおしゃべりしない？」

彼女を椅子に座らせ、テーブルにティッシュペーパーの箱を置いた。

それがインディアナポリスにいる間中、私たちにずっと親切にしてくれたメアリーとの、最初の出会いだった。

しばらくして落ち着くと、彼女は照れたように洋子に笑いかけた。

「私はメアリー、あなたの名前は何と言うの。歳はいくつ？」

私は慌てて口を挟んだ。

「この子はヨーコだけど、英語はまだ全然分からないわ。来月二歳になるの。私はナツコよ。夫はイーライ・リリーの日本支社に勤めてたんだけど、三週間前に本社へ転勤したの。そのために、家族三人でインディアナポリスに来たばかりなのよ」

メアリーは眼を丸くして頷き、自己紹介を始めた。

彼女は二十八歳、ポーランド人とフランス人の間の混血で、結婚してスコットが生まれるまでは看護師をしていた。ご主人は会計士で、友人が経営する会計事務所に勤めているそうだ。

メアリー一家が住んでいるのは、我が家の南側の通路を隔てたお向かいの棟だという。豊かな茶色の髪に大きな緑色の瞳がとても美しい人で、彼女が喋っている間中、私は彼女の顔に見とれていた。

なぜメアリーがその日の朝、突然我が家のドアをノックする気になったのか、全く分からない。多分道に立ってバスを待っていた時に、私が窓から二人を見ていることに気付いていたのだろう。とにかく彼女が人種偏見を持っていないことはよく分かったし、私はそれが嬉しかった。

一緒にコーヒーを飲みながら、ふと思いついて尋ねてみた。

「私たち一年間しかアメリカにいられないの。でも折角のチャンスだから、その間に少しでも英語の勉強がしたいんだけど、この近くに外国人のための英語学校はないかしら」

メアリーはしばらく考えていたが、首を横に振った。

「この北側の通りから二ブロック向こうに、外国人向けの英語学校があるけど、でもそこはほとんど喋れない移民のための学校よ。日本の大学で英文学の勉強をしたのなら、車で十五分くらい行ったところに、バトラー大学という私立の大学があるの。九月になったらそこへ行って、授業を受けられるかどうか聞いてみたらどう？」

しかし、一台きりの車は健一が毎日会社へ乗っていってしまうし、二歳の洋子を一人で家に放っておいて、私が大学へ通うことはできない。無理だと諦めかけたが、それでもダメ元と尋ねてみた。

「スコットが通う幼稚園には保育園はないの？　バスで送り迎えしてくれるんでしょ」

メアリーは申し訳なさそうな表情を浮かべ、そこは私立小学校の附属幼稚園で、四歳からしか入れないのだと言う。諦めざるを得なかった。


二日後の朝、メアリーが今度は我が家の南側の裏口から走り込んできて、リビングルームのガラス戸を叩いた。開けると嬉しそうにVサインをして見せる。車で飛ばしても片道二十分はかかるらしいが、二歳から子供を預かってくれる評判のいい私立保育園がある、と言うのだ。

「レインボー・ナーサリースクールって名前だそうよ。送迎バスがあるかどうかは分からないけど、電話で聞いてみたらどう」

その夜、夫と話し合った。私が大学に行けるかどうかはともかく、洋子にとっては毎日私と二人きりで過ごすよりも、保育園に行って色んな子供と一緒に遊ぶ方が、いいのではないだろうか。外国語の音を聞き取れるようになる能力は、年齢が低ければ低い程、短期間で身につくと聞いたなどと話すと、夫も賛成してくれた。

翌朝、電話帳で番号を調べて問い合わせると、受付の女性は丁寧にこう言ってくれた。

「バスはありませんが、送り迎えができない人の子供を一緒に乗せていってあげる、という保護者の電話番号をこちらで預かっているんです。そのリストの中に、お宅の近くに住んでいる人が二人おられます」

礼を言って早速教えられた番号にかけてみた。ところが理由も言わずに、「あいにくだが都合が悪い」、と両方から断られた。どうやらママ友は欲しいけれど、外国人、特に東洋人の友達なんかいらない、と言うことなのだろう。私は気分が悪くなって、今度こそもう諦めようと思った。

メアリーにそのことを愚痴ると、彼女は自分のせいのように済まながって、翌日バナナケーキを焼いて持ってきてくれた。

すぐにコーヒーを淹れて一緒にケーキを食べた。メアリー手作りのそのケーキは、ショッピングセンターのケーキ屋で売っているような、生クリームだらけで甘いばかりの、アメリカ風のケーキとは全く味が違っていた。バナナ入りの生地に混ぜられた砕いたナッツの風味が香ばしくて、何とも言えず美味しい。

「これはアメリカに来てから食べたケーキの中で一番美味しい。これなら神戸のケーキに負けないわ」

そう言うとメアリーは得意そうに笑った。

「良かった。アメリカにも美味しいケーキがあるって覚えておいてね。このケーキの作り方は、アイルランド出身のお姑さんから教わったのよ」

食べ終わって食器を片付けていると、メアリーが顔をしかめて訴え始めた。

「ナツコ、聞いてよ。世間には訳の分からないことを言う人がいるのよ。こないだ夫の同僚の奥さんから、こんなことを言われたの。『お宅のご主人と私の夫とは給料がそんなに変わらないはずなのに、なぜスコットをお金のかかる私立学校の附属幼稚園なんかに行かせてるの。贅沢だわ』って。だけど価値観は人それぞれで違って当然でしょ。私たちが何にお金を使おうと勝手だし、贅沢だなんて言うのは、大きなお世話じゃない。その人ね、そんなことを言いながら、血統書付きの大きな犬を二頭も飼ってるのよ。それこそ贅沢だと思わない？　自分は犬にお金を使いながら、私たちが子供の教育にお金を使うのが贅沢だって言うのは、おかしいでしょう」

メアリーは今にも泣きそうな顔になっている。

会計士でお金にうるさい人が、血統書付きの犬を二頭飼っているということは、もしかするとその人は、副業としてブリーダーをしているのかもしれない、と思ったけれど、そのことは胸にしまった。

「あなたの言う通りよ。そんなことを言うのはおかしいわ」

急いでそう言うと、ようやくメアリーの顔に笑みが戻った。

翌週にはスコットの通う幼稚園も夏休みに入り、メアリーはすっかり元気になった。毎日のように彼を連れて遊びに来ては、あれこれとおしゃべりをしてくれた。スコットはお兄ちゃんのように真面目な顔をして、洋子の遊び相手をしてくれる。それは私と洋子にとっては英語を聞き取るための、有り難い耳の訓練にもなった。

学校の夏休みが始まると、団地内のプールには、連日子供達の声が響くようになった。私もできるだけ洋子を連れて、プールへ出かけるようにした。

近くに住んでいる子供達にとって、洋子のような東洋人の幼児を間近に見るのは、初めてのことだったのだろう。特に私たちがメアリーやスコットと一緒にいると安心するのか、「ヨーコ、ヨーコ」とつきまとって、まるでお人形扱いだ。母親達とも顔見知りになると、小学生の女の子達は競争で、洋子の遊び相手をしてくれるようになった。

日曜日に夫と一緒に車でスーパーマーケットへ買い物に出かけ、レジの列に並んでいると、八歳くらいの知らない少女が、遠くからこちらを指さしながら大声で叫んだ。

「ヨーコだ。ママ見て、あの子がヨーコよ」

周囲の人たちが何事かというふうに洋子を覗き込み、笑顔を浮かべる。二歳になったばかりの洋子には訳が分からない。戸惑って、周囲を見回しながらきょとんとしていた。

だが中には他の子供達と一緒に洋子を取り囲みながら、私の方を向いてわざとらしく、両手で眼を吊り上げて見せる女の子もいた。

「なぜそんなことをするの？」

尋ねると一瞬黙り込んだ。その後私の顔を見上げ、得意そうにこう言った。

「黒人は元々奴隷だったんだって、先生が言ってた。だから今でもちゃんと英語を読めないし、馬鹿なんだって」

「昔は黒人達は学校に行かせてもらえなかったから、字を読めなかったのよ。日本人は黒人と違うし、奴隷になったことはないわ」

私がそう言うと、いきなりあかんべーをして走っていってしまった。

学校でアメリカの歴史を習っているところなのだろう。中途半端な人が中途半端に教えれば、余計に人種差別を助長することになるのだと思った。

五

七月の初め頃、プールの監視員をしている若い女の子と親しくなった。おしゃべりをしているうちに、彼女がバトラー大学文学部の学生だということが分かった。監視員の仕事は夏休みのアルバイトで、九月に大学に払う学費を稼ぐために働いているのだと言う。

バイトの昼休みの時間に彼女を家に招き、カレーライスとサラダをご馳走しながら、大学のことを尋ねてみた。彼女は文学部の学部長の名前を教えてくれて、とても優しい人だから、面接を申し込んで訪ねていけば、きっと相談に乗ってくれるだろうと言う。その夜彼女から聞いたことを健一に話すと、黙って何か考えている様子だった。

一週間ほど経った日の夕方、健一が帰宅するなり着替えもせずに、台所で料理をしている私のところへやって来た。鞄を持ったまま、声を弾ませてこう言う。

「オフィスの中にね、社員が自由に使える連絡用掲示板があるんだ。先週からそこに、会社への行き帰りに車に乗せてくれる人を探しているって、家の住所と会社の部署を書いたメモを貼っておいたんだ。そうしたらこの近くに住んでいるから、来週からでもオーケーだって、二人も申し出てくれてね。二人が交代でこの団地の入り口まで、毎日送り迎えをしてくれることになった。だから来週からは、あなたがいつでも自由に車を使えるよ。九月になったら大学へ行って相談してみたらいい」

私は飛び上がって喜んだ。夫と相談し、感謝の気持ちを表すために、日曜日に親切な二人の同僚と奥様達を、昼食に招待しようと決めた。

ところが二人とも揃って、奥様は来れないという返事だった。食べ慣れない料理は苦手なので、というのが両方の表向きの理由だ。刺身を食べさせようというわけでもないのに、そう思ったけれど、無理に来てくれとも言えない。食事に招いたり招かれたりという、親しい付き合いはしたくない、ということなのだろうか。少し悔しいけれど、もう気にしないことにした。

色々考えた末、献立はフルーツサラダ、餃子、カレー風味のチャーハン、コーヒーに決めた。街のはずれに韓国人経営のアジア食料品店があって、餃子の皮を売っているのを見つけていた。前日の土曜日にそれを買ってきて、餃子を百個手作りした。チャーハンにはアメリカ人向けに牛肉の細切れと炒めた野菜、煎り卵をたっぷりと入れ、仕上げに日本から持ってきた、カレーの粉末を少しまぶしながら炒めた。

当日十二時に若い大柄な白人男性が二人、連れ立ってやって来た。私は丁寧に彼らの親切な申し出に謝辞を述べ、テーブルに料理を並べた。車だから一杯だけとビールで乾杯した後、不器用な手つきで餃子を箸でつまんで食べながら、二人は感嘆の声をあげ始めた。

「この世にこんな美味しい食べ物が存在するとは、想像もしなかった！」

「この世どころか、天国にもこんなに旨い食べ物は絶対に存在しないよ！」

「こんなに旨いものを食べ損ねるなんて、ワイフは本当にかわいそうだ」

「家に帰ったらワイフに、あなたは今日ここに来なかったことを、一生後悔するべきだと言ってやる」

真面目な表情で天を仰ぎ、首を振りながら次々とこんなお世辞を並べたてる。正直なところ、彼らの繰り出す余りにも大げさな賛辞の数々に、私は驚くと言うより呆れて笑った。同時に、私を含む日本人のほとんどが、どれだけ口下手なことかと思い知った。

食後はしばらくの間、日本画の画集や浮世絵の本を見せたりして楽しく過ごした。その後二人は、来週から必ずケンを送り迎えすると約束して、四時過ぎに帰っていった。私は用意した料理を彼らが全部平らげてくれたことに、心底からほっとしていた。

メアリーのうちでも、ご主人が毎日一台しかない車に乗って仕事に行ってしまうので、土日以外は、徒歩圏より遠くへは行けない状況だった。だから私が車を使えるようになったことは、彼女にとっても朗報だった。

メアリーが手に入れてくる情報に従って、私たちは子供二人を連れて、色々な所へ出かけるようになった。ある日の行き先は、デパートの子供服のバーゲンだったり、インディアナポリス美術館の催しだったり、時にはスコットのリクエストに従って、昼食にマクドナルドのハンバーガーを食べに行ったり、七月は四人で外出を楽しんでいる間に信じられない速さで過ぎていった。

八月になるとメアリーは電動ミシンを買い、せっせと洋裁に取り組み始めた。既成の型紙を買ってきて自分のスカートを縫ったり、台所の窓用にギンガムチェックの布で、可愛いフリル付きのカーテンを作ったりした。できあがるたびに必ず「ナツコ、見に来て」、と裏口から呼びに来る。

そんな時には私はすぐに飛んでいって、彼女の作品を心を込めて褒めちぎった。メアリーはとても幸せそうに背を反らし、笑顔を浮かべて聞いていた。

六

丁度その頃、以前神戸に住んでいたという白人女性の紹介で、アメリカの職業軍人と結婚しているケイコさんと知り合った。ケイコさんは十五年位前に、日本の軍事基地に駐留していた若い白人と知り合って付き合っていたが、彼が帰国命令を受けた時に、「一緒にアメリカへ来てくれ」、とプロポーズされたのだと話してくれた。四十歳だと聞いたがとても若々しく活発な人で、洋子と同じ年齢の一人娘がいた。

私たちは洋子とケイコさんの娘を一緒に遊ばせようと、週に一度はお互いの家を行き来して、色々な話をするようになった。

ケイコさんによると、毎年何組かの日本人のカップルが、日本の企業や大学からインディアナポリスに派遣されてくる。ケイコさんはそんな人たちを紹介されて頼まれれば、彼らの世話を焼いているそうだ。そして彼女の話では、昨年世話をしていた二十代の歯科医の妻が、バトラー大学の文学部に通っていたらしい。これは耳寄りな情報だった。

彼女の話で一番驚いたのは、同じようにインディアナポリスに住んでいる日本人妻同士でも、夫が白人の人は夫が黒人やアジア系の人とは決して付き合わない、と聞いたことだった。ケイコさん自身も夫が黒人やアジア人の友達は一人もいない。ただし日本の企業や大学から派遣されて来ている人は例外だ、と付け加えた。

「なぜ夫が白人でない人とは付き合わないの」と尋ねると、「彼らとは住んでいる地域が違うから」とケイコさんは答えた。

黒人やアジア系の人のほとんどは、だだっ広いこの街の中心より西の方角か南の方角に住んでいる。だからもし彼らの自宅へ招かれれば、大抵の場合かなり長時間、時には片道一時間以上車を運転することになる。確かにこれは大きな障害だろう。だがそれだけだろうか。

インディアナポリスでは何かと言うと、夫婦は二人一緒に行動しなければならない。やれ遠方に住む親戚が訪ねてきたから、子供や夫の誕生パーティーだから、結婚十周年だから等々、理由をつけては、いや特別な理由なんかなくても、しょっちゅう家に友人達をカップルで招き合う。だから妻同士が親しく付き合うことになれば、夫も付き合わざるを得なくなるのが普通だ。

実際私たちも近所の若い弁護士夫妻やメアリーの家族とは、何度か夕食に招いたり招かれたりした。そんな時ご主人たちはとても愛想良く、スマートなホストぶりを見せてくれた。

ところが我が家へケイコさんご夫婦を夕食に招いた時には、彼女ははしゃいでいたけれど、ご主人の方はほとんどしゃべらず、黙々と食べているだけ。健一は共通の話題を探して、四苦八苦する羽目になった。

ケイコさんはお返しに私と洋子をお昼には招いても、ご主人のいる時間には決して、私たちを招こうとはしなかった。日本人女性を妻にする人なら、人種差別意識とは無縁かと思っていたが、どうも単純にそうとは言えないようだ。

インディアナポリスへ来て以来、私が経験した様々なことを考えれば、恐らく彼女たち自身が日本人、つまり黄色人種であるせいで、過去に何度も失礼な扱いを受け、嫌な思いを味わっているはずだ。それなのになぜ、夫が黒人だから、アジア系の民族だからと言って、日本人同士で差別をし合うのだろう。夫同士の社会的立場が違うのも、原因の一つなのだろうか。勿論それもあるかもしれないが、それだけではないという気もする。

大学時代からアメリカ人との付き合いが長い健一に聞くと、自分がしょっちゅう差別をされて劣等感を持っている人は、他の誰かに対して優越感を持ちたくなるものだ、と言う。

馬鹿げている、そんな人には知性のかけらも感じない、と私は憤慨した。

七

九月一日、初めて洋子をレインボー・ナーサリースクールへ送っていった。二歳児の保育は朝の八時から正午までだと聞いていたので、七時半に家を出た。幸い町の中心へ出勤する人々とは逆方向なので道は空いていたが、到着すると園の駐車場は、子供を送ってきた母親たちの車で一杯だった。

辺りを見回してみると、想像していた通り有色人種の子供は一人もいない。他のクラスにもいないようだ。洋子がいじめられないだろうか、と少々心配になった。だが幸い担任の先生がとても優しそうな四十代の女性で、にこにこしながら一人一人の子供に話しかけておられる。私が挨拶をすると、まるで旧知の間柄のように笑顔で挨拶を返して下さった。

お陰で洋子は翌日以降も、保育園に行くことに抵抗するそぶりは、全く見せなかった。毎日が余程楽しいらしく、自分からいそいそと車に乗り込むのだった。

翌週の月曜日、保育園へ洋子を送り届けた後、初めてバトラー大学へ行ってみた。

「面会の予約はしていませんが、文学部長にお目にかかれますか」

受付の女性は黙って頷くと、すぐに電話で確認をしてくれた。

指示された応接室で立ったまま待っていると、すぐにブルーのスーツに地味なネクタイを締めた、五十前後の白人男性が入ってきた。私が自己紹介をすると、教授は愛想良く握手の手を差しだして、ソファに座るようにと言った。

私は緊張しながら、一年間だけここで英語の勉強をさせてもらえないだろうかと尋ねた。教授はふんふんと頷きながら聞いていたが、少し目を逸らして考えた後、私が日本で大学の英文科を卒業していることを確認すると、穏やかな表情で説明を始めた。

「日本の大学を卒業した人がここの文学部で単位を取れば、日本では大学院の単位として認定されます。ただしバトラー大学の単位取得証明書を得るためには、大学の卒業証明書と成績証明書が必要です。もし日本から持ってきていないなら、卒業した大学からその二つの書類を送ってもらいなさい」

私が折角の機会だから勉強したいだけで、単位はどうでもいいのだと言うと、教授は首を傾げながら続けた。

「それなら今は書類を出さなくても構いません。しかし、もし将来単位取得証明書が欲しくなったら、いつでも必要な書類をここの事務局に送って申し込みなさい。そうすればこちらから送ってもらえます。しかしあなたが言う通り折角の機会なのだから、この際単位取得証明書を取っておいた方がいいですよ」

私はただ「はい、分かりました」と答え、親切な文学部長に丁重に礼を述べた。その時点ではまだ、自分がアメリカの大学の授業についていけるかどうか分からなかったし、夫の仕事の都合によっては、必ず来年五月末まで、インディアナポリスにいられるかどうかも、分からないと思っていた。

　事務局へ戻り時間割表を貰った。その夜健一とも相談して、英米文学とパブリックスピーキングの授業を受けることにした。文学の授業は月曜日、スピーキングの方は木曜日で、どちらのクラスも学生の数は三十人位だそうだ。


　実際に授業が始まると、健一に脅されていた通り、毎週課される予習や宿題の量が、私にとっては半端ではなかった。

　英米文学のクラスでは毎週、ウィリアム・フォークナーやD・H・ロレンス等々純文学作家の短編を読んで、その感想文を提出しなければならない。短編とは言っても、それぞれの作品はB5サイズの本で五〇〜八〇ページくらいあって、読むだけでも相当大変だった。その上感想文を日本語で書いて、それを英訳するのが又ひと仕事だった。

　パブリックスピーキングの方は、毎週五、六分の長さのスピーチを書いてそれを丸暗記し、教授とクラス全員の前で一人ずつ順番に披露して聞いてもらう。課題に沿ったスピーチの題材を見つけるところから始めるのだから、まずそれが大変だった。授業のない日の午前中は図書館で、午後は毎日家で辞書を引きまくった。

ただ私がスピーチのクラスで有利なことは、日本の歴史や文化を利用できることだった。活け花と茶道との関係を説明しながら花を活けて見せ、活け花はホームパーティーでも活用できますよと話したり、高温多湿の日本における風呂の変遷と、ローマ時代からのヨーロッパの風呂の歴史を比較したりすると、興味を持って熱心に聞いてもらえた。大学図書館の司書もとても親切で、私の拙い説明を丁寧に聞き、内容に関係のある本をどんどん出して助けてくれた。

その上毎週水曜日にはメアリーが家に来て、私が練習するスピーチを聞いてくれる。彼女は内容を面白がって聞いているだけで、特に何かコメントをしてくれる訳ではない。それでも一度他人の前で実演させてもらうと、教室では落ち着いて話すことができた。

スピーチのクラスには私以外に外国人の学生はいなかった。担当のマクニール教授は大抵の場合、私の日本文化に関するスピーチには好意的だった。毎回授業の終わりにスピーチの内容を評価するメモが配られる。そこには教授の簡単な意見と成績が記されていて、それがとても励みになった。私は健一に、インディアナポリスでもさすがに大学では、人種差別は感じられない、と話したものだ。

学校で授業が始まって三週目に、図書館の中で黒人の学生を見かけた。白いワイシャツにジーンズ姿で分厚い本を開き、メガネを掛けて熱心にメモを取っている。文学のクラスには数人いたが、図書館で黒人学生を見かけるのは珍しかったので、その姿は印象に残った。

二日後、パブリックスピーキングの教室に行くと、その学生が一番前の席に座っていた。マクニール教授が入ってくると、彼は立ち上がって自己紹介をした。

「今週からこのクラスを受講するサム・ヨーダンです。両親はガーナ生まれで二十年前にカナダへ移住しました。僕はトロントで育ち、先月インディアナポリスへ引っ越してきたばかりです。よろしくお願いします」

スピーチの順番が来ると、彼はガーナの国旗をテープで黒板に貼り付け、アフリカの民族衣装らしい刺繍で縁取られた真っ赤な布を身体に巻きつけた。そしてガーナの歴史を語り、父祖たちが第二次世界大戦後すぐに民族独立運動を起こし、一九五七年に旧英国植民地として最初に独立したのだと、誇らしそうに話した。さらに自分はガーナとアフリカの固有の文化を非常に誇りに思っているが、アメリカに住んでいる黒人たちは、なぜか祖国についての誇りを失っているようだ、と批判の言葉を述べ、我々はアフリカ人としての誇りを取り戻すべきだ、と熱く語った。

サムのスピーチは祖国の歴史を紹介し、ガーナや他のアフリカ出身の人々に対する、彼自身の心情を語っているだけだ。しかし取りようによっては、アフリカを植民地にし、黒人から誇りを奪った白人を、非難しているようにも受け取れる。私はクラスの白人学生たちが、黒人に対するアジ演説のようなこの微妙な内容を、平静に受け止められるだろうか、と考えながら聞いていた。

スピーチの途中から私が危惧していた通り、白人学生たちの表情は次第に険しくなり、互いに顔を見合わせ始めた。終わると教室には重苦しい空気が流れ、拍手をする者はいなかった。

マクニール教授の表情も厳しかった。教授は意地の悪い口調でサムに尋ねた。

「君はアメリカの黒人を批判していたが、インディアナポリス以外の、例えばシカゴのような、大都会に住んでいる黒人を知っているのかね」

「いいえ、まだインディアナポリス以外へは行ったことがありません」

教授はそれを聞くと鼻を鳴らし、別の学生にスピーチを始めるようにと促した。

次の週以後、スピーチのクラスにサムは出てこなかった。あのスピーチにはどんな感想と成績が記されていたのだろうと思ったが、私は教授を批判する気にはなれなかった。

八

十一月半ばのある日の夕方、散歩の途中で洋子を団地の児童遊園地に連れていった。木々の間を数匹の茶色い小さなリスが、冬眠の準備なのか、餌を求めて縦横に走り回っている。

それを洋子と一緒にベンチに座って見ていると、仕事帰りらしい顔見知りの大学職員が、急ぎ足で遊園地の中へ入ってきた。ここを通るのが家への近道なのだろうか。彼の名前は覚えていなかったが、二、三度事務所の受付で何か尋ねたことがあったので、私は彼に笑顔で挨拶をした。

「こんにちは。ここで会うのは初めてですね。ここに住んでおられるのですか」

「やあ、そうなんです」

そう言いながら三十代とおぼしいその男は、いったん通り過ぎかけたが、ふと立ち止まって振り向きざまに早口でこう言った。

「僕はあなたがここに住んでいることは、前から知っていましたよ。あなたが僕の家の近所に住んでいるって、先日マクニール教授に話したら、教授はあなたのことをとても褒めていました。あなたは教授に気にいられるのがうまいんですね」

私は一瞬、自分が彼の最後の言葉を聞き違えたのかと思った。唖然として彼の顔を凝視した。彼は得意そうににたりとしながら、顎をあげて私の顔を一瞥すると、澄ました表情を浮かべて足早に去っていった。私はその瞬間、やはり大学にもいろんな人がいるんだ、と悟った。


十二月に入ると突然、団地内の全ての空き地がカサカサの落ち葉におおわれ、一面に黄金色のふかふかのカーペットを敷いたようになった。子供達がはしゃいで、お互いを落ち葉の中に埋めたり隠れたりして遊んでいる。洋子も小学生達に全身を落ち葉に埋められて、楽しそうだった。だがそれからほんの二週間も経たないうちに、どんよりと暗い空からフワフワと白い雪がちらつき始め、急激に寒くなった。

冬は一気にやって来た。十二月半ばの日曜日の朝、目覚めると外は一面の銀世界に変わっていた。買い物に行こうと車を出してみたが、二メートルも行かないうちに車が音もたてずにスルスルと横滑りして、歩道に乗り上げそうになった。これでは団地の外へ出ることすらできない。タイヤの下に新聞紙を敷いて何とか駐車場に車を戻し、どうしたものかと車を見ていると、いつの間にかメアリーのご主人が傍に立っていた。どうやら彼は私の車の横滑りショーを見ていたらしい。

「ナッコ、お早う。タイヤに付ける鎖が必要だね。うちの車にはさっき付けたから、一緒にショッピングセンターへ乗せていってあげるよ。鎖を買ってきて付けないと、これからはどこへも行けないよ」

「有り難う、助かるわ。でも鎖は付けたことないんだけど」

「大丈夫だ。僕が付けてあげるよ。雪かき用のシャベルも僕が買うから一緒に使えばいい」

メアリーのご主人のお陰でようやく車を動かせるようになり、保育園の送り迎えもバトラー大学への通学も、無事に続けることができたのだった。

ところが一月の半ば頃から、英文学のクラスの宿題をするのが段々苦しくなってきた。小説を読むのは好きだし、メアリーがタイプライターを貸してくれたお陰もあって、感想文を書く宿題も楽しんでやっていた。ところが小説の単元が全て終わって、詩の単元に入った頃から、宿題をするのが次第に苦痛になってきたのだ。

英語の詩を正しく理解するには、キリスト教の知識や、引用されているヨーロッパの古典文学に関する知識なども必要だった。私達が高校の国語の授業で、『源氏物語』、『枕草子』『徒然草』などの一部を学ぶように、アメリカ人達も高校の英語の授業で、詩を含む古典文学を学んでいる。そして英語の詩では時には韻を踏むために、あるいは暗喩として、普段の会話では滅多に使わないような単語や表現を、古典文学から引っ張ってくることがある。文学部のアメリカ人学生にとっては常識なのだろうが、私の乏しい知識では、そういう単語や表現が古典文学の中で使われた元の意味も分からないし、現代詩の中で敢えてそれを使う著者の意図も分からない。解釈に自信がないのに感想文を書くことは、苦痛でしかなかった。

メアリーにそんな泣き言を言うと、彼女は頷いた。

「あなたの言うことは分かるわ。そんなに大変なことを続ける必要はないんじゃないの？　あと何ヶ月かのアメリカ生活を楽しみなさいよ」

うーん、どうしよう。迷ったがメアリーの言う通り、思い切って文学のクラスからは、ドロップアウトすることにした。

それからは時間に余裕ができたせいだろうか、突然外での活動が増え始めた。夫の会社の部長夫人から頼まれて、婦人会の会合で活け花を披露したり、地域の新聞社の催しで、民族服のファッションショーに着物で出演したり、その時に知り合ったフィリピン人の小学校の先生に頼まれて、三年生のクラスで折り紙の代わりに、新聞紙を使ってかぶとやだまし船を折る指導をしたり、毎週のように何かと面白い行事に誘われ、めまぐるしく時間が過ぎていった。

九

ようやく春が来て雪が消えた頃、我が家から東へ三軒離れた空き家に黒人の一家が引っ越してきた。メアリーによると彼女が知る限り、この団地に黒人が入居するのは初めての事だという。家族は三十代の夫婦と五、六歳位の女児が二人いて、双子のように見えた。

夫婦は二人とも仕事を持っているらしく、家は一日中留守のようだった。子供が朝から両親と一緒に車に乗って出かけていくのは、おそらく幼稚園か小学校へ送っていくのだろう。放課後はどこかに預けているのだろうか。土曜か日曜にたまに昼間子供を見かけるのは、家族で出かけるために車に乗り込む時か、降りてくる時だけだった。

彼らが絶対に子供を近所の子供達と遊ばせない様子は、まるでここは危険だと考えているみたいだ。私がそう言うと、健一は逆だろうと言う。彼らはこの団地が安全だと考えたから、ここへ引っ越してきたのだろう。いつも母親がつききりなのは、今まで住んでいたところが危険だったから、いつも一緒にいるのが習慣になっているのではないか、と言う。あるいはここでは黒人の幼女二人だけで外へ出すと、いじめられる可能性があると考えているのかもしれない、とも言った。

私は安心してもらいたいと思い、駐車場や通路で彼らを見かけると、必ずこちらから笑顔で話しかけるようにした。次第にお互いに挨拶をするようになり、子供達も手を振ってくれるようになった。私が自分の名前を告げると、母親は自分をジェーンと呼んでくれと言った。

土曜日に洋子を健一に頼み、一人で買い物に出かけようと裏口から出て、駐車場へ行った。そこで私は思わずあっと口を開けた。ビュイックの運転席側のドアの横腹に、釘か石で書いたらしい細い線で、ＪＡＰと大きな字が刻みつけられていたのだ。淡い黄色の車体に細い字で書かれているので、遠目には目立たないものの、近づけばすぐに目に付く。

ここに越してきて約十ヶ月の間、一度もこんなことはなかった。一体誰がこんなひどいことをしたのだろう。いくら考えても、犯人が誰なのか想像もつかない。丁度その時、西隣の娘さんのマギーが裏口から顔を出したので、「見て、見て」と呼ぶとやって来た。彼女も今まで一度もそんな悪戯は見たことがないと言う。

「ナッコ、これは悪質だわ。夕べ誰かが悪さをしているのを、見かけた人がいるかもしれない。近所の人達に、昨日の夕方この車の傍に誰かいるのを見かけなかったか、聞いてみなさいよ」

マギーの声が聞こえたのか、ケリー夫人も出てきて顔をしかめている。

「どうせどっかの子供でしょうけど、次はどこの車に悪戯をするか分からないし、怖いわねえ。うちの車は大丈夫かしら」

二人は顔をしかめながら、自分の車に傷がないか確かめようと言って、戻っていった。

私がショッピングセンターから帰ってくると、丁度入れ替わりにジェーンが買い物に出かけるところだった。彼女は一人で裏口から出てきた。私は片手を挙げてジェーンを呼び、車の傷を見せながら尋ねた。

「ひどいでしょう。夕べか今朝、誰かがこの車の傍にいるのを見かけなかった？」

するとジェーンはいきなり後ずさりしながら、表情を硬くして叫んだ。

「私じゃない。私じゃない。絶対に私じゃない」

びっくりした私は慌てて言った。

「あなたがこんなことをするなんて思ってないわ。誰かがこの車の傍にいるのを見かけなかったかと、聞いてるだけよ。本当よ、ジェーン」

「知らない、誰も見てない。本当に私じゃない」

顔を引きつらせながら叫ぶ。彼女が何をそんなに怖がって慌てているのか、訳が分からない。

「分かったから落ち着いて頂戴。私はあなたがこんなことをするなんて、絶対に思ってないわよ」

そう言うと彼女は無言のまま、自分の車の方へ走っていった。

ジェーンはなぜあんなに慌てていたのだろう。私が何か気に障るような事を彼女に言ったのだろうか。首を傾げながら家の中に入った。

車の傷のことを告げると夫はすぐに見に行ったが、戻ってくると首を横に振ってから、何も言わずにソファに座り込んだ。


メアリーが翌朝十時に我が家の裏口から入ってきて、リビングルームのガラス戸をコンコンと叩いた。戸を開けると顔をしかめながら入ってきて、早口で尋ねる。

「スコットがお宅の車にひどい落書きがあるって言ってるけど、知ってるの？」

「ええ、昨日の朝気付いたの。誰があんなことをしたのかしら。やったのはおそらく一昨日の夜か昨日の早朝よね。あなたはその頃にうちの車の傍に誰かいるのを見なかった？」

メアリーも首を横に振り、隣のマギーと同じ事を言った。

「近所の人に訊いてみれば、もしかしたら誰かが見かけたかもしれないわ」

私がジェーンの反応を話し、「よく分からないけど、近所の人に訊くのは怖くなった」と呟くと、メアリーは顔をゆがめた。

しばらくすると、複雑な表情を浮かべてこう言う。

「そうかー。でもそれは訊いた相手が悪かったのよ。あの人たちはタッチーだからね」

タッチー、初めて聞く表現だ。どういう意味かと私は尋ねた。

「それはねえ、こういう風に周囲で何か悪い事が起こると、昔は必ず犯人は黒人だって事にされたのよ。そんな辛い経験が、何かあるとあの人たちを恐怖に追い込んで、神経質にさせるの。それはある意味厄介なんだけど、そうさせたのは白人達なのよね」

メアリーは顔を赤くしながら、そんな風に説明をしてくれる。

「それって私がジェーンの気持ちを傷つけたってことよね。どうしよう。そんなつもりで聞いたんじゃないのに」

「気にしてもしょうがないわ。そのうちジェーンも、ナツコがそんなつもりで聞いたんじゃないって気付くでしょ。今まで通りにしていればいいわよ」

私は過去の事実や黒人の気持ちをこんな風に分析して、外国人である私に冷静に説明するメアリーは、賢くて誠実な人だと、改めて思った。それを口にするとメアリーは嬉しそうに笑った。

「有り難う。今まで言われた中で、一番嬉しい褒め言葉だわ。ところで正直に言うとね、私は時々、ナツコもちょっとタッチーだなって思うことがあるわよ」

そうなのか、メアリーはそんな風に感じていたのか、と驚いた。一度は一緒に楽しく遊んだはずの小学生のジムやルーが、二度と姿を見せなくなったことや、車で健一を送り迎えしてくれる同僚の奥さんたちに、昼食の招待を断られたこと。ナーサリースクールの仲間の母親達が、車に乗せてくれなかった件。ケイコさんから、夫が黒人やアジア人の日本人妻とは付き合わないと聞いたことや、大学職員に、あなたは教授に気にいられるのがうまいと言われた件。私は今まで何でもメアリーに話していた。

そしてはっきりそうとは言わなくても、私が話しながら心の中で、それら全てが人種差別のせいだと思っていることに、メアリーは気付いていたのだろう。

考えてみれば確かに、いちいち口には出さなくても人にはそれぞれ様々な事情があるのだし、世間にはいろんな性格の人がいるのだ。私の経験の全てが、人種差別のせいではなかったかもしれない。いや、そうだと思わない方がいいのだろう。

辞書で調べてみるとタッチーという言葉は、別に人種差別に敏感という意味にだけ使う訳ではないらしい。どんなことだろうと何かに拘りを持っている人は、関係のないことでもつい自分の拘りと結びつけて考え、勝手に腹を立てたり傷ついたりする。そういう心の働きをタッチーと言うようだ。

『タッチー』、一生忘れられない言葉になった。

完

涙のわけ

又寝坊をしてしまった。目をこすりながら見上げると、柱時計は八時十分前を指している。急いで玄関へ行って牛乳瓶を取ってくる。食パンと一緒に喉へ流し込んでいると、おふくろが目を覚ました。

「ほら、遅刻するよ。早く着替えて行きなさい」

パジャマのまま、戸棚の引き出しから十円玉を五枚出してくれた。

学校まで駆け足だ。さっき貰った十円玉が、ズボンのポケットの中でチャラチャラと音を立てて躍っている。学校の食堂ではきつねうどんが三十円、それにあんパン十五円を買ってもまだ五円余る。おふくろは言う。

「毎日のことやから、貯まると馬鹿にならんやろ」

だが僕は中学二年生、目下食べ盛り、育ち盛りだ。少し貯まると友達に誘われて、ついつい放課後のラーメンやお好み焼きの誘惑に負けてしまう。そのせいもあってか、去年の春から背が十センチも伸びた。今ではどのズボンも丈が足りなくなって、季節が変わるごとにおふくろが嘆いている。

商店街に入ったとたん、鞄を振り回しながら角を曲がってきた雄一と、もう少しで鉢合わせしそうになった。雄一は並んで早足で歩きながら、何か言いたそうな表情でちらちら僕の顔を見ていたが、突然立ち止まって僕の腕を摑んだ。

「なあ政夫、おまえ先週の月曜日の晩、女の人と一緒にうどん屋へ行ったやろ。ほら、三丁目の、入り口に赤い大きなのれんが下がってるうどん屋や。あれは一体誰やねん」

返事をしないでいると、雄一の声はどんどん大きくなった。

「隠してもあかんで。俺はおまえがあの人と一緒に店から出てくるとこを、ちゃんとこの目で見たんやからな。なあ、あれは誰やねん」

雄一の大声が聞こえたらしく、前を歩いていた学生が、怪訝そうな表情で振り返った。

僕はあほらしくて返事をする気にもならない。月曜日はおふくろが勤めているバーが休みなので、去年の暮れに我が家の近くに開店したあかね食堂へ、一緒にうどんを食べに行った。ただそれだけのことなのに、こいつは一体何を想像しているんだろう。

雄一は小学校の校区が別だったから、うちのおふくろには一度も会ったことがない。おふくろはちょっと変わっていて、髪の毛にパーマをあてていない。フランスの映画女優のまねだとか言って、いつも自分で短くおかっぱにカットしている。本当のところは美容院代を節約しているだけなのだと、僕は睨んでいる。普段は大抵、濃い色の無地のシャツやブラウスに、同系色の柄物のロングスカートをはいている。それが短い髪によく似合っていて、化粧をするととても若く見えると言われるらしい。

しかし月曜日は仕事が休みだから、あの日は化粧をしていなかったはずだ。僕が思うには、おふくろは素顔の時の方が清楚で若々しい。暗くなりかけた時刻に外で見かけた雄一が、あれは一体誰なんだろうと不審に思ったとしても無理はない。

実際そんなおふくろだからこそ、北新地に古くからある老舗のバーで、十年間ずっとホステスとして働いて、一人で僕を育てることができたんだろう。

だがそれにしてもだ。僕が雄一の知らない女の人とうどん屋へ行ったからって、そんなに大騒ぎをするようなことか。第一おふくろはもう、三十六歳のれっきとしたおばさんやないか。

僕は雄一の腕を払いのけながら、そっけない声で言ってやった。

「何を興奮してんねん。月曜の晩はおふくろと一緒に、あかね食堂へ夕飯を食べに行ったよ。それがどうかしたんか」

「え、嘘やろ……ほんまか。あの人、おまえのお母さんなんか。……どう見ても二十代にしか見えんかったぞ。えらい美人やったし」

雄一は口を半分開いたまま目を剝いた。僕が再び歩き出すと、そのまま後ろをついてくる。しきりに首を傾げながら、ぶつぶつと独り言を言っている。

「ウチの母親を見てみい。いっつも三段腹つきだして、まるで狸やで。おまえのお母さんはなんであんなにべっぴんやねん。外人みたいやったで」

狸と言う言葉に思わず吹き出しそうになったが、聞こえないふりをして、さっさと先に歩いていった。

「おいおい、ちょっと待てよ。そんなに怒ることないやろ。今度一遍おまえのウチへ行って、ゆっくりとお母さんの顔を拝ませてもらうわ。なあ、ええやろ」

雄一の慌てた声が後ろから追いかけてきたが、やっぱり僕は黙って無視した。

ごま塩頭で、てっぺんには髪の毛が一本も無いあかね食堂の大将は、どうやら僕のおふくろが水商売だと察していたらしい。女将さんが厨房へ行っている間に、嬉しそうな表情を浮かべておふくろに話しかけてきた。

「なあ、お勤めしてはるのはどこなん。道頓堀かいな」

おふくろは顔一杯に笑顔を作って、大将を見上げた。

「いいえ、北新地なんです。今度名刺を持ってきますので、どうぞごひいきに」

大将は続けて僕の年齢など、あれこれと詮索していた。そのうちおふくろが戦争未亡人だと知ると、突然大きな声で言った。

「へえ、そうなんか。それで、旦那さんはいつどこで亡くなりはったんや」

「フィリピンで二十年の一月に、乗ってた船が爆撃されて、沈んだんやそうです」

大将がおふくろと喋っているのを見て、女将さんが急いで僕らのテーブルに近づいてきた。途中からおふくろの声が聞こえたらしく、立ち止まって眉をしかめた。

「ほんなら終戦の、ほんの半年ほど前やったんやねえ」

「そうなんです。南方はもう危ないから行きたくないって、本人は言うてたんですけど」

大将がそうやそうやというように、何度も大きく頷いた。

「フィリピンはもう危ないらしいって、陰でみな言うてたもんなあ。実はな、ウチの息子もフィリピンで死んだんや。それにしても、お宅はまだこんなに若いのに、かわいそうに」

大将はそう言いながら、おふくろの肩を軽く叩いた。

傍で聞いていた僕は、声には出さなかったが腹の中で突っ込んだ。こんなに若いのにって、一体おふくろがいくつやと思てんねん。息子の僕がいくつかさっき聞いたやろ。おふくろの年齢かて、おおかた想像つくはずやないか。

大将はもう一度頷いて、電灯で照らされてぴかぴか光っている頭を左右に振りながら、ゆっくりと厨房へ戻っていった。

次に行った時には、白髪まじりの髪を頭のてっぺんで大きな団子に結っている女将さんが、すぐに冷えた麦茶を持って駆け寄ってきて、おふくろに年齢を尋ねた。おふくろは澄ました顔で微笑み、いつものようにちゃっかりと二歳サバを読んだ。

僕らがうどんを食べ終わると、女将さんが又近寄ってきて喋り始めた。

「こないだお宅の話を聞いて思いだしてねえ。うちの息子の戦死公報が届いたんは、二十四年の秋やったんよ。戦争はもうとっくに終わってたというのに、あの子は丸四年間も生死不明でねえ。行った先がフィリピンと知ってたから、半分は諦めてたけどね。それでもあの子は運の強い子やったし、もしかしたらどっかでひっそりと生きのびてるんやないかって、私はずっとそう思ってたんよ。今でも時々、あの子は生きてるんやないかって、思うことがあるわ」

すぐに大将が出てきて、ごつい手を横に振りながら、女将さんの話の腰を折った。

「あほか。生きてたら、もうとっくに復員してきてるわ。わしが何遍もそう言うてるのに、あの子はどっかの密林の中で生きてるかもしれんとか、こいつは仕事ほったらかしで、毎日そんな話ばっかりしてな。あの頃はそれでようけんかしたもんや」

女将さんは大将には取り合わず、しんみりした表情を浮かべて続けた。

「生きてたらもう、今年で三十五になるんよ。出征したのが二十二で、男の子やからまだ結婚してなかったからね。そやからうちには孫もおらんのよ。こんなええ息子さんがいてはるお宅が羨ましいわ」

おふくろは相変わらず優しく微笑みながら、黙って頷いた。

だが本当のことを言うと、あの日あかね食堂を出るなり、おふくろは額に皺を寄せ、ぷーっと頬を膨らませてこう言った。

「あほらし。羨ましいなんて言われてもなあ。一歳になるかならん赤ん坊を残して、亭主に死なれた女の苦労がどんなもんか、想像もつかんのやろなあ。私はもう、戦争のことを引きずってる暇なんかないわ」

僕は苦労をかけている張本人だから、何も言えない。おふくろについて歩きながら聞いていないふりをして、ラジオで聞き覚えた『戦友』を、小さい声で歌っていた。

おふくろはしばらくの間、黙って歩いていたが、突然振り返って僕を睨んだ。

「そんな歌を歌うのは止めてよ」

声の激しさに驚いて顔を見ると、おふくろはちょっと慌てたように笑顔を浮かべた。

「あんたは音痴やから聞いてられへんわ。お父さんはもっとええ声やったし、高田浩吉の歌とか、こぶしをきかせて上手に歌ってはったんよ。あんたにも聞かせたかったわ」

おふくろはいつも、親父は歌がうまかったと言う。だが僕は聞いたことがないのだから、本当かどうか分からない。今回も悔しいが唇を尖らせて黙った。

それからは僕らがあかね食堂に行くと、大将と女将さんはいつも愛想よく、「いらっしゃい」と、揃って厨房から顔を覗かせるようになった。

おふくろがうどんを頼むと、大将は薄切りのかまぼこを二枚おまけにのせてくれるようになり、女将さんは僕がおむすびを頼むと、ちょっと大きめに握ってくれる。おふくろが小声で礼を言うと、女将さんは顔中をしわくちゃにして、手を顔の前で振り回した。

そんなわけで、「あほらし」なんて言ったくせに、おふくろは休みの日には僕を連れて、しょっちゅうあかね食堂へご飯を食べに行くようになった。


戦争が終わってからもおふくろと僕は、親父が生きていた時から住んでいた、東本町の借家にいた。そのあたりは運良く米軍の空襲を免れたそうだ。だがすぐ隣の町に住んでいたおふくろの両親は、終戦直前の空襲で焼け死んだ。

僕の親父は生糸や絹織物の仲買人でやり手だった。自分は戦地でいつ死ぬかもしれないからと、僕らのためにせっせと稼いで残してくれた。だがその預金は戦後のすさまじいインフレのせいで、まるで水が砂地に吸い込まれるように、価値が下がっていった。

しかもおふくろには何の特技も資格もない。心細くなったおふくろは二歳になった僕を連れて、木造二階建ての小さいアパートへ移った。その後すぐに、やはり戦争未亡人になっていた学校時代の友達に誘われて、一緒に今の店に勤めるようになったと聞いている。

それ以来ずっとおふくろと二人で住んでいる阿倍野区のアパートは、あかね食堂のある表通りから一筋入った、細い道に面している。戦後に建てられたマッチ箱みたいな二階家が、ぎっしりと立て込んでいる住宅街の端っこで、地下鉄の駅と商店街が近い。地下鉄で夜遅く帰ってくるおふくろには、至極便利な場所だ。

部屋には便所と形ばかりの小さな台所がついているが、六畳の和室が一つあるだけで、風呂はない。僕が中学生になった頃から、おふくろは狭い狭いとしょっちゅうこぼすようになった。だが夜遅くまで開いている銭湯が近くにあるし、アパートには古くから住んでいる気心の知れた住人が多い。そんなわけで無理に引っ越そうとは思わないようだ。

僕が小さい頃は、毎日僕を寝かせてから仕事に行っていたらしい。急に熱を出したりすると、一階の入り口横の部屋に住んでいる管理人のおばさんに、僕のことを頼んで行った。

そんな時に限って僕は、目を覚ましておふくろを追いかけようとした。抱いてあやしてくれるおばさんの腕の中で、顔を真っ赤にして思い切り暴れたらしい。病気とは思えないような大声で、おふくろがアパートの玄関を出ていってしまうまで泣き叫んだ。そのたびに、おふくろ自身が泣きそうな顔をして走って出ていったと、今でも時々管理人のおばさんが笑う。おばさんは僕が寝ていても、何度か部屋を覗いてくれた。おかゆを炊いて、梅干しを添えて持ってきてくれることもあったそうだ。

勿論今はもうそんなことはなくなったが、おふくろは今でも、休みの日にたまにちらし寿司やおでんを作ると、一人暮らしのおばさんの部屋に持っていく。そんな時はおふくろもおばさんも、にこにこと嬉しそうな顔をしている。おばさんの方は毎年一回、信州の田舎から送ってくるというリンゴを、おすそ分けと言って三つか四つ持ってきてくれる。

夏休みが終わると、うだるような暑さもようやく和らいできた。秋分の日の午後、夾竹桃の花が散り始めた近所の公園で、雄一らと三角ベースの野球をして遊んだ。その帰り道、僕は一人であかね食堂の前を通りかかった。濃い藍色の浴衣を着た女将さんが、隣の雑貨屋のおばさんと喋りながら、店の前を箒で掃いていた。

一人の時に大将や女将さんに会うといつもするように、軽く会釈をして黙って通り過ぎようとしたら、女将さんが大きな声で話しかけてきた。

「政夫君、今日はお彼岸やで。お父さんをお迎えするご馳走はできてるんか。今度の休みにはお墓参りに行かなあかんで。お母さんにそう言うとき」

僕が返事の代わりにもう一度軽く頭を下げると、おばさんと女将さんは顔を見合わせ、何がおかしいのか、大きな声でけらけらと笑った。僕は何となく恥ずかしくなって、アパートの入り口まで全速力で走って帰った。

部屋に入ると、おふくろは仕事に行くために、鏡に向かって化粧をしている最中だった。

眉を描き、目の縁に黒い線を引いて、赤い口紅を塗る。やっぱり華やかできれいだ。だがそれでも僕はやっぱり、化粧をしていない時のおふくろの方が好きだ。

おふくろが買っておいてくれたせんべいを食べながら、何気なく女将さんに言われたことを伝えると、おふくろはテーブルの上にひろげていた化粧品を、片付ける手を止めた。

小さな鏡越しに僕の顔を見て、半分笑いながらふんと鼻を鳴らした。

「お父さんは私とあんたを置いて、一人だけ勝手にあの世へ行ってしもたんよ。そんな人に、なんで私がサービスをせなあかんの。お迎えのご馳走がないなんて文句を言いたかったら、今すぐにお墓から出てきて、私に直接そう言うたらええやん」

思わず笑ってしまう。おふくろは顔を真っ赤にして一緒に笑った後、唇を噛んで窓の外の夕焼け空を見上げた。僕にはその顔が、なぜか涙をこらえているように見えた。

「今年は久しぶりにお墓参りに行こうか。長いこと行ってへんなあ」

だがおふくろの仕事は月曜日が休みで、僕は日曜日以外当然学校がある。結局今年も墓参りには行かなかった。ただ日曜日の朝、おふくろは箪笥の上の親父の写真に向かって、いつもより長く手を合わせているような気がした。


おふくろは僕が知らないと思っているだろうが、おふくろが墓参りに行きたがらない理由が、他にもあるのを僕は知っている。

僕が小学校に入る前には、春か秋のお彼岸頃に、何回か二人で奈良の田舎へ墓参りに行った。田舎では伯父さんが、広い家や田んぼを継いで農業をしている。

大きな仏壇の前に座ったお寺の坊さんが、伯父さんの家族とお祖母さんや僕らの前で長い経をあげた。坊さんが帰ると、お祖母さんが用意した昼ご飯を食べてから、皆で裏山のお墓へ参った。

最後に田舎へ行ったのは七回忌の時だった。親父が亡くなった一月に、他の親戚も大勢呼んで、お寺で立派な法要をしてもらった。伯父さんの家で精進落としのお膳を食べ、客がみんな引き上げると、伯母さんが子供達にお供え物の菓子を配ってくれた。

大阪へ帰るために、おふくろが一人だけ隣の部屋へ行って、着替えを始めた。するとお祖母さんがすぐに後を追いかけて、その部屋へ入って襖を閉めた。しばらくすると襖越しに、お祖母さんが小さな声で何かぶつぶつと言っているのが、微かに聞こえてきた。

僕は座敷の隅で貰ったお菓子を食べていたが、お祖母さんの声が気になって、そーっと廊下に出た。障子の隙間に近寄って耳を澄ませると、こんなことを言っているのが聞こえた。

「あんたな、自分では気をつけて、地味な格好をしてるつもりかもしれんけどね、口紅ひとつとっても、そんな真っ赤なんをつけて……素人やないっていうのは誰にでもすぐ分かるんよ。あんたがそんな格好でウチから出ていったら、後で近所の人に何を言われるか分からへん。あんたが苦しいのはよう分かってるし、助けてあげられへんのは、私らかてつらいんよ。それでもな、お金より大事なもんがあると思うんよ。政夫のためにも、もう水商売は止めなさい」

おふくろがどんな顔をして聞いていたのかは分からない。なんだか怖くて、中を覗くことはできなかった。おふくろはお祖母さんに向かって、一言も言い返しはしなかったけれど、あれ以来墓参りに行こうとは言わなくなった。


次の日曜日の晩、初めて雄一が僕の家に遊びに来た。おふくろが仕事で留守だと言うと、ちょっとがっかりしたようだった。

「そうかあ。まあしゃあないな。政夫のきれいなお母さんを拝むんは、今度の楽しみに取っとくわ。今日は政夫とお母さんに見せたろと思てな、ええもん持ってきたんやで」

雄一の親父さんは、阪急電車の運転士をしているそうだ。映画を見るのが大好きで、毎月映画雑誌を買ってくるらしい。雄一は写真が一杯載った、いかにも値段の高そうな雑誌を、大事そうに広げた。大勢の外国人のスターの他に、石原裕次郎の写真が一杯載っている。

得意そうに小鼻を蠢かしながら、雄一は今年のアカデミー賞の候補作や受賞作について、僕の知らないことを次々と説明してくれた。

「このユル・ブリンナーって役者な、『王様と私』って映画で、シャムの王様の役をやったんやで。凄い筋肉質で格好ええやろ。相手役がデボラ・カーや。ほらこれ、ちょっと年いってるけど、やっぱり美人やろ。ああそうそう、知ってるか。去年の初めに梅田の映画館でやってた市川崑監督の『ビルマの竪琴』、あの映画がアカデミー賞の外国映画賞に選ばれたんやで。凄いなあ。ほら、ここに写真があるわ。南方で死んだ日本の兵隊を弔うために、終戦になった後も日本に帰らんと、ビルマで坊さんになった人の話なんや。僕この映画見たいなあ。どっかでもう一回上映してくれへんかなあ」

　雄一の話を聞きながら、突然僕の頭にあかね食堂の女将さんの顔が浮かんだ。この雑誌でその映画の筋を読んで、軍服姿のスターの写真を見たら、息子さんのことを思い出して喜ぶかもしれない、そう思った。

「なあ雄一、これあさって学校で返すから、それまで貸してくれへんか。見せてあげたい人がおるんや。うちのおふくろも見たがるかもしれんしな」

　雄一は一瞬迷うような表情を浮かべたが、すぐに笑顔になって、「汚さんかったら、ええで」と快く貸してくれた。

僕はその晩、雑誌の『ビルマの竪琴』のページを開いたまま、机の上に置いて寝た。どこにその記事があったか分からなくならないように、そこに何かを挟んで持っていくつもりだった。

ところが翌朝起きて机の上を見ると、借りた雑誌がない。びっくりして必死で机の周りを探し回った。けど、どこにも紛れてない。台所へ行って見たがやっぱり雑誌はなかった。

最後におふくろの寝ている布団の周りをよく見たら、箪笥の陰の紙くず籠のなかに、丸めて突っ込んであるのを発見した。

「なんでこの雑誌勝手に捨ててるねん。友達に借りた本なんやからな、汚したり無くなったりしたら、僕が困るやろ」

思わず声を荒げて詰ると、おふくろは布団に横になったままで、枕から顔をあげて怒鳴り返してきた。

「親に向かってそんなえらそうなこと言うて、どういうつもりや。大体そんな雑誌は子供の見るもんと違うわ」

僕はあきれて目を剝いた。

「これはエロ雑誌と違うで。よう見て判断しいや。一体何を考えてんねん」

雄一に借りた雑誌を勝手に捨てようとしたり、そのことを謝ろうともせずに、訳の分からないことを言う。普段のおふくろらしくない、おかしいなぁとは思ったが、それでもやはり許せない、と腹が立った。

その晩あかね食堂が閉まる時刻を見計らって、映画雑誌を持っていった。おふくろはまだ機嫌が悪かったので、仕方なく一人で行った。

大将と女将さんに『ビルマの竪琴』のあらすじを話すと、思った通り二人ともとても驚いたようだ。

大将は雑誌を読みながら、何度も「ふーん、そうかあ」と呟いている。横から覗き込んでいる女将さんに、写真を見せながら説明していた。

「おまえの言うてた通りや。どっかに隠れて生き延びることができても、帰国せんとそのまま現地に残った人もおったんやな。考えてみたら骨箱が帰ってきたいうても、中に入ってたのは紙切れ一枚やったんやもんな、あれでは、戦死しましたて言われても、はいそうですかって、すぐに信じられるもんやないわな」

女将さんは何度も何度も、前掛けで涙を拭きながら、うんうんと頷いていた。兵隊姿の三國連太郎や安井昌二の写真が載っているページを、愛おしそうになで回している。

僕はそのページが、女将さんの涙と手の汗で汚れないかと、ずっとはらはらしながら見ていた。

翌週の月曜日の晩、いつの間にか機嫌の直ったおふくろと一緒にあかね食堂へ行くと、女将さんがにこにこしながら駆け寄ってきた。僕らのテーブルに熱い番茶の入った湯呑みを置いて、おふくろの手を取らんばかりにしながら、嬉しそうに言った。

「政夫君がこないだ、ええもん見せてくれてねえ。有り難う。お父さんが言うてたけど、あの『ビルマの竪琴』いう映画、アカデミー賞たらいうのを貰った記念に、再上映することが決まったんやて。知ってはった？　今日はお礼にもっとええニュースがあるんよ」

ところがおふくろは無表情のまま目を逸らして、「ふーん、そうなん」と答えた。あんなに喜んではるのに、愛想のない返事やなあ。そう思ってつい眉をしかめておふくろの方を見ると、ちょっとバツの悪そうな顔をした。だが女将さんは忙しくて気がつかなかったようだ。他の客が注文したうどんを、急いで厨房へ取りに行った。

僕らが親子どんぶりを食べ終わった時、丁度手が空いたらしい大将が、手に薄い茶色の封筒を持って奥の部屋から出てきた。

「ほんまにええとこへ来はったわ。今度の日曜日の朝十時指定っていう券やから、今日来はれへんかったら、お宅を探して持っていかんならんと思てたんやで。さっきうちのやつから聞きはったやろ。こないだ政夫君が言うてた『ビルマの竪琴』いうあの映画が、特別に再上映されることになったんや」

大将は封筒の中から、裏に赤インクで招待券とスタンプを押された切符を四枚取り出し、テーブルの上に置いた。

「わしの弟の息子が新聞社に勤めてるんや。そやからその子に電話をかけて、切符四枚手に入らんかって言うたら、無料の招待券を持ってきてくれてな。あんたの旦那さんもフィリピンで亡くなりはったんやろ。そやからこの二枚はお宅らの分や。日と時間が指定されてるからな、よかったら一緒に行こうや」

「わあ、僕絶対行きたい。ほんまに無料で見れるん。なあ、一緒に行くやろ」

嬉しくて思わず叫んだ。おふくろは無表情のまま、横目で僕の顔を見て、黙って小さく頷いた。

大将は封筒に切符を二枚戻し、嬉しそうにおふくろに手渡した。

「日曜日の朝九時に、地下鉄の駅で待ち合わせしょう。もし遅かったら先に行っとくからな」

土曜日、夕飯におふくろが作っておいてくれたカレーを食べてから、いつものように部屋の隅に置いた折り畳みの机で、宿題をしていた。

苦手の数学の問題を解いていると、時間が過ぎるのが早い。それにしても、今日は宿題がまだ半分くらいしか済んでいない時間に、おふくろが帰ってきた。週末は帰りがいつもより遅くなることが多いのに、今日は明日の朝の待ち合わせに遅れんように、早く帰ってきたのかな、と思って顔を見た。やはり週末としては珍しく、あまり酔っていないようだ。

その後机の傍に座って、何も言わずに僕の宿題のノートを覗き込んだり、顔を見たりする。気になって、落ち着いて問題に集中することができない。

「僕はまだ宿題が済んでないから、先に風呂屋に行ってきたら」

声をかけたが、おふくろは生返事をして動かない。僕は次第にいらいらしてきた。

「どうしたんや。なんかあったんか」

俯いたまま首を横に振る。

「気分が悪いんか。熱測ってみたらどうや。体温計持ってきたろか」

おふくろは上目遣いにおずおずという様子で、ようやく口を開いた。

「あの、明日のあの映画やけど、あんたあかね食堂の大将らと一緒に、一人で行ってきて」

「え、何でやねん。一緒に行くって言うたやんか。せっかく招待券をくれはったのに、今頃になって断るなんて失礼やで。雄一も凄くいい映画やて言うてたし」

なだめながら何度理由を聞いても、ただ行きたくない、の一点張りだ。

「それでは僕が困るやろ。大将になんでやって聞かれたら、どう言うんや」

「そんなこと……朝起きたらひどい頭痛でとか、何とでも言うたらええやんか」

しまいにはまるで僕の頭が悪いみたいに言う。だんだん腹が立ってきた。

「僕が雄一に借りた映画の本を勝手に捨てようとしたり、今度は一緒に行くって約束しといて、今頃になって急に嫌やて言いだしたり。なんでそんなことばっかりするんや。明日は絶対に一緒に行かなあかん」

戸棚の引き出しから映画の招待券を取り出して、おふくろの前に突き出した。おふくろはそれでもじっと俯いて黙っている。僕も意地になって黙ってそっぽを向いていたが、もう一度文句を言ってやろうと顔を見ると、黙ってぽろぽろと大粒の涙を流している。

まさか、おふくろが泣いてる顔なんて、今まで一遍も見たことがない。驚いて見ていると、肩をふるわせながら小さくしゃくり上げ始めた。慌てて傍へ行って顔を覗き込んだ。

「泣くことはないやろ。何で行きたないのか、僕はその訳を聞いてるだけやんか」

机の上にハンカチがあるのに気づいて手渡すと、おふくろはそれを目に押し当てた。ようやく涙が収まると、瞼がふくれて赤くなった目を、まっすぐに僕に向けた。

「あかね食堂の大将には悪いと思うけど、それでもやっぱり私は兵隊さんを見るのは嫌や。たとえ映画の中でも、軍服の兵隊さんを見たら、お父さんのことを思い出す。そんなつらい思いをしてまで、戦争の映画なんか見たないねん」

僕は思わず切符の入った封筒を、ギュッと握りしめた。

了

湖畔に咲く花

天禄二年（九七一年）、もみじや楓がいっせいに比叡の山を、華やかな錦の色に染め始めた頃だった。

十二歳だった私は京の五条の小さな家で、まだ陽も昇らない時刻に肩を揺すぶられて目が覚めた。婆やがかざす手燭の灯りを頼りに、臥所《ふしど》の枕元に用意されていた細長を、眠い眼をこすりながら半分手探りで身につけた。

「こんな鮮やかな山吹色は、もう私には着られないわねえ」

先日そうおっしゃったお母様の袿《うちき》を、婆やが急いで仕立て直してくれたのだ。

東の空にようやく薄い桃色がかかり始めた卯の刻（午前六時）過ぎに、お母様と爺や婆やと四人で、志賀の大津に向かって出立した。

賀茂川を越えて逢坂の関の近くまでたどり着くと、澄んだ清水の湧いている所があった。旅装の商人らしい男達数人が泉の傍に座り込み、大声で賑やかに喋りながら破子《わりご》（弁当）を開いている。

私達も休憩しがてら、ここで食事をとろうということになった。水際の端に四人並んで座り、首に下げていた餌袋《えぶくろ》から、乾飯《かれいい》と柿を取り出した。無遠慮な男達の視線を避けながら、乾飯を折敷《おしき》に入れ、水に浸してふやかしながら食べる。冷たかったけれど水が澄んでいるからか、他には柿以外何もなかったのに、とても美味しくいただくことができた。

ゆっくりと休んだおかげで、食事の後二時《ふたとき》（約四時間）ばかりの間、私達はみな元気よく歩いた。だが峠を越えて下り坂にかかる頃から、私は次第に脚の疲れを感じ始めた。南東の方角に崇福寺を見晴らすころには、次第に左脚のふくらはぎと足首が痛くなってきた。仕方なく四人はそれぞれ道端の手頃な大きさの石に座り、何度目かの休息を取った。

婆やにゆっくりとふくらはぎをさすってもらっていると、少しずつ痛みが薄らいできた。座ったまま木の枝の隙間から前方を透かし見ると、はるか眼下に湖面が白っぽく鈍色《にびいろ》に光っている。私は思わず息を呑んで、しばらくの間その雄大な景色にうっとりと見とれていた。すると婆やが立ち上がって大きな声で言った。

「聡子様、ほら、お顔を上げて周囲を見てごらんなさい。この辺りは都よりも、季節の巡り方が少しばかり早いようです。そろそろ急がないと、着く前に日が暮れてしまいそうですよ」

見上げると、日差しはいつの間にか傾き始めている。行く手の細い道の両端には、白銀色の薄の穂が、いっせいに風に揺れている。立ち上がると落ち葉が厚く積もって湿った土の上に、四人の影が斜めに黒く伸びていた。

私達はなだらかな下り坂を、杖を突いて滑らないように気を付けながら、ゆっくりと進んだ。半時ばかり歩くと板屋根に石を載せただけの、粗末な家が並んでいる集落に出た。

「ねえ婆や、伯父様が住んでおられる村は、ここからまだ遠いの」

先を行く背中に向かって、私は又先程と同じことを訊ねた。

「いいえ、もうあと一息ですよ。ほどなく到着のはずです」

振り返って笑顔で答える声が弾んでいる。市女笠を右手で傾けながら、婆やは立ち止まって辺りを見回している。婆やはもうそろそろ五十代に手が届くはずだ。それなのになぜいつもこんなに元気なのだろう。大柄な身体だけでなく口も滑らかに動く。私はこの人が弱音を吐くのを、今まで一度も聞いたことがない。

お母様は私の二、三歩後ろを歩いておられた。私が振り返ると一緒に立ち止まって、嬉しそうに頷かれた。続いて笠から垂らした長い薄布の間から、お歯黒を塗った口元を少し開いて、何度も息をついておられるのが見える。朽葉色の壺装束の上から、ゆっくりと腰をさすっておられるようだ。

爺やはがっしりした背中に大きな荷物を担ぎ、長くて太い杖を突きながら、お母様のすぐ後ろを歩いていた。お母様が立ち止まると一緒に立ち止まって顔を上げた。空を見上げながら拳で腰を叩いている。爺やにつられて私も空を見上げた。濃い紫と橙色に染まった夕焼けが、まるで絵の具を流したように美しい。

その時前方から、「おーい、おーい」と呼びかける声が聞こえた。見ると十軒余り先の一軒家の透垣《すいがい》の蔭に、お迎えらしい三人の人影があった。その中の黒い衣を着た小柄なお坊様が、大きく手を振っておられる。お母様と同腹の伯父様にあたる覚正様だった。

お母様達は急いで覚正様の傍へ寄り、腰を屈めて丁重に挨拶をされている。覚正様はお母様の後ろに立っている私を見て、にこやかに頷いて下さった。

「よう参られた。みんなさぞ疲れたろう。さあ家はもうすぐそこじゃ」

伯父様が住持をしておられるという寺の隣の、土塀に囲まれた藁葺き屋根の家に案内して下さった。

私達は薄暗い土間に続く板敷きの隅に腰をかけ、脛巾《はばき》（脚絆）をはずし、運ばれた冷たい水で手足を洗った。その後、寺の庫裏から運ばれた夕餉をとり始めたころには、短い秋の日はとっぷりと暮れていた。

縁側からは無数の星が、濃い藍色の夜空一面に広がっているのが見えた。裏庭の草むらでは秋の虫達が、まるで私達を脅かすかのように、かまびすしく鳴き騒いでいた。


周囲の人々は私がまだ幼い頃から、お母様のお血筋の高さについて、何度も何度も私に話して聞かせた。特によく聞かされたのは、お母様のお父上、つまり私のお祖父様である源兼忠様が、陽成天皇のお孫様だったたと言う話だ。

この方は子供の頃に、源氏の姓を賜って臣下に下られた。とても頭の良い方だったそうで、最後には参議従三位《さんぎじゅさんみ》、別称・宰相という高い位に昇られた。しかしそんな尊貴なお生まれや地位の高さにもかかわらず、誰に対しても威張らず、気さくな方だったと聞いた。

冗談を飛ばしては人を笑わせるのがお得意で、歳を取られてからもいつも周囲に人を集めては、一緒にお酒を飲むのが何よりお好きだったらしい。結局お酒の飲み過ぎのせいだったのか、私が生まれる一年余り前に、突然の病気でお亡くなりになった。

その兼忠様がまだお若かった頃、近江の権守《ごんのかみ》をしておられた時に、当時お屋敷に仕えていた地元豪族の娘の腹に、男女二人の子供を儲けられた。任期が果てると兼忠様は当時の風習に従って、上の男の子を園城寺（三井寺）に預け、幼い女の子だけを連れて、正妻のお祖母様が待つ京へと戻られた。この上の男の子というのが伯父様の覚正様で、女の子が私のお母様なのだ。


婆やの話では貴族達にとって器量の良い娘というものは、家を繁栄させてくれる可能性を秘めた、有り難い存在だった。美しく育ち、宮中へ上がって運良く帝に気に入られれば、皇子を産むことになるかもしれず、その皇子が皇太子になり、次の帝になるという幸運が舞い込むかもしれない。万一そんなことになれば、産んだ娘は中宮になるかもしれず、父親には摂政や太政大臣といった、天皇に次ぐ最高の位が舞い降りてくる可能性もあるのだ。

だが男児の場合は別だ。正妻に既に男児が生まれていれば、母親の家格が低い妾妻腹の男児は、覚正様のように寺にやられる場合が多かった。私には京にもう一人、僧になられている覚真様という、お母様とは異腹の叔父様がおられると聞いている。

そんなわけで、お祖父様に連れられて二歳で都に上られたお母様は、お祖父さまの正妻に当たるお祖母様に、とても大切に育てられた。男の子しか産めなかったお祖母様は、継子であるお母様をとてもかわいがって下さった。だがお母様が六歳になられる直前に、悪い風邪をこじらせて亡くなられたのだそうだ。

ところでなぜか周囲の誰も、私のお父様のことは話してくれなかった。いくつの時だったか、あれはたしか七歳になったばかりの、まだ春浅い日のことだった。庭の紅梅の花が満開に咲いているのを見ながら、私のお父様はどこにおられるのかと、お母様に訊ねた。

お母様は一瞬、何かが喉に詰まったかのような表情を浮かべ、二、三度瞬きをされた。

それから部屋の隅へと視線を逸らしながら、まるで呟くように、小さな声でこうおっしゃった。

「聡子のお父様は、……お父様はねえ、聡子が生まれる少し前に、病気でお亡くなりになったのですよ」

お母様のお顔をじっと見ていた私は、幼いなりに何かがおかしいと感じた。あの時のお母様の苦しそうな表情は、今でもはっきりと目に浮かぶ。理由は分からなかったけれど、お母様にそれ以上お父様のことを訊ねてはいけないのだと思った。だからそれ以来お母様の前では、お父様という言葉は一度も口にしたことはない。

しかしその後日が経つにつれて、ますますお父様のことが気になってきた私は、一ヶ月ほど経ってから、思い切って婆やにもう一度訊ねてみた。すると婆やは、お母様と同じようにいかにも困ったという表情で、私の顔を見つめながら思案をしているようだった。

翌日婆やは改めて私を物蔭に呼び、低い声で囁くように話し始めた。

「実は聡子様のお父様はね、右大臣藤原師輔様の御三男で、兼家様という方なんです。とても素敵でご立派な方ですよ。あれはそう、聡子様のお祖父様である宰相様が亡くなられてから、ほんの三月程しか経っていなくて、お屋敷中がまだ喪に服していた頃のことでした。馬に乗ったお使いの方が、それはそれは優しい慰めの歌が書かれた、淡い藤色の薄様《うすよう》（ぼかし染めの薄い和紙）に桃の花の蕾が付いた枝を添えて、依子様に差し上げてほしいとお屋敷へ届けてこられたんです。それが当時少納言でいらした藤原兼家様からのお手紙だと分かった時には、私だけじゃなくて侍女から雑色《ぞうしき》

（召使い）にいたるまで屋敷中の者が、依子様のためにどんなに喜んだことか。本当に大騒ぎだったんですよ。あの日のことはまるで昨日のことのように、はっきりと覚えております」

話しているうちに婆やはその時の騒ぎを思い出したのか、一瞬眼を細めてうっすらとほほえみを浮かべ、はるか遠くを見るように視線を宙にさまよわせた。

「それなのに依子様ときたら、ほんの一つしか違わないのに、自分の方が兼家様より年上だからとか、歌は苦手だからとか言われて、ずっと尻込みをしておられたんです。でも有り難いことに、その後も兼家様は何度もお使いをよこされて、次々と歌を届けて下さったんですよ。ですから私もお返しの歌を書いて下さるように、しつこく依子様にお勧めしたんです」

婆やは力強く頷きながら話し続けた。

「しばらく経ってようやく、依子様と兼家様との間でお文のやりとりが始まった時には……私はもう、嬉しくて嬉しくて。初めて兼家様がお屋敷に来られた夜は、宰相様が亡くなられて以来ずっと暗く沈んでいたお屋敷へ、まるで天から仏様のお使いが来られたかのように感じたものでしたよ。そうそう、三日夜《みかよ》の餅《もち》（男が通い初めて三日目の夜に、婚礼を祝って新郎・新婦が食べる餅）も、私が作り方を人から教わって、心を込めてお二人に差し上げたんですよ」

話を聞きながら私は、思わず何度も頷いた。なんだかお母様が昔物語の中の美しい姫君になられたような気がして、ひとりでに胸がときめいてくる。つい婆やの方へと身を乗り出すと、婆やは私の顔から目を逸らし、口を尖らせた。

「それがねぇ、ようやくお逢いになったというのに、……そう、あれから半年近くはお通いが続いたんです。ところが、依子さまのお腹に聡子様が宿られた頃からだったかしら、だんだん兼家様のおいでが間遠になってきて、いつの間にか全くお姿を見せられなくなってしまったんです。私は依子様に、兼家様が来て下さるようにお願いする歌を詠んで頂いて、それを兼家様のお屋敷に届けさせたり、あちらこちらの神社に願をかけたり、思いつく限りのことを色々とやったんですよ」

話しながら婆やは眉をしかめ、次第に俯いて肩を落としてしまった。

「聡子様がお生まれになった日にも、勿論すぐに私が文を書いて、あちらのお屋敷の侍女に届けさせました。……ところが、何日経っても兼家様からは、お返事が返ってこなかったんです」

そうだったのか。私はお父様に捨てられた子だったのか。婆やの話を聞きながら私は声も出せなかった。頭がぼんやりとして何も考えられない。ただぼうぜんと眼を見開いて、じっと婆やの顔を見つめていた。婆やは私の顔から眼を逸らし、厳しい表情で宙を睨みながら続けた。

「あんなに優しくて淑やかな依子様の、どこがお気に召さないのか、私はどうしても納得がいかなかったんです。ですからつてをたどって、兼家様の二番目の奥様に仕えていた侍女に、探りを入れてみました。そうしたらまあ、どうでしょう。兼家様は依子様の字やお歌が気に入らなかったらしい、なんて言うんですよ。雅子様というその奥様に、依子様が書かれたお文を見せながら、字がつたないとか、歌がおかしいとか言って、二人で一緒に笑っておられました、なんて言うじゃありませんか。そりゃあねえ、雅子様って方は歌を詠むのがお上手で有名な方だそうですけどね。でも、たかが受領の娘なんですよ。そんな人が宰相様のお嬢様のことを馬鹿にするなんて、私はもう口惜しくて口惜しくて。勿論侍女の言うことですから、どこまで本当かは分かりませんけどねえ」

　生まれたばかりの自分はともかく、お母様はどんなにお辛かっただろう。あれやこれやと考え始めると、ひとりでに涙が溢れそうになった。第一お母様のことを馬鹿にするなんて、そんな二人のことは絶対に許せない。その日から私は、自分には初めからお父様はおられなかったのだ、と思うことに決めたのだった。

お母様の母親代わりと自認している婆やにとっても、それはどんなに辛いことだったろう。婆やは話している途中から、まるで雅子様が目の前にいるかのように興奮し、目を吊り上げて怒っていた。

婆やの父親は左馬寮の下級役人だったが、婆やが十歳の時に夜中に盗賊が家に押し入り、両親共に殺されて家も焼かれてしまった。婆や自身はその日たまたま方違えのために、近くの知り合いの家に泊まりに行っていて、無事だったのだそうだ。その後すぐに婆やは母方の遠い親戚にあたる、私のお祖母様のもとに引き取られ、その日以来ずっとお母様に仕えて、お世話をしてきたのだった。

爺やの方は若い頃から極端に無口な人で、両親が誰なのかもいつどこで生まれたのかも、誰も知らなかった。屋敷の裏門に近い雑舎の一画に一人で住んで、牛車の御者をしながら牛や馬の世話をしていた。婆やの話によれば、京のあちらこちらに複数の通いどころがあったお祖父様は、爺やのそんな口の堅さを特に気に入っておられたらしい。

そのお祖父様が亡くなられる少し前に、爺やが流行り病に罹って寝込んだことがあった。周囲の人々は病気を知ってからは、怖がって部屋に近寄らず、爺やはもう少しで病気よりも、むしろ飢えで死んでしまうところだった。

家によっては、引き取り手のない下男や下女がそんな状態になると、夜中に屋敷の外の裏通りや五条辺りの川原に放り出され、時には野良犬の餌食になるような悲惨なこともあったらしい。

だが爺やの場合は倒れて三日目に、世話好きな婆やが姿を見せない爺やのことを心配し、部屋を覗きに行った。そこで高熱を出して倒れている爺やを見つけ、婆やは毎日朝晩部屋まで食べ物を運んで、看病をしてあげたという。半月後に爺やの病気が癒えると、まもなく二人は夫婦になったのだそうだ。


婆やからそんな昔話を聞いていた頃は、屋敷の外観も屋敷の中に置かれている調度類も、美しくてとても立派だった。召使達もまだ五、六人は残っていたように思う。

だが月日が経つにつれて、屋敷の中も外も次第に荒れていった。裏門の辺りから中庭にまでうっそうと雑草がはびこって、いつの間にか築地《ついじ》の崩れなどが目立つようになってくる。そうすると次第に断りもなく、召使が一人去り二人去り、ついには爺やと婆やだけになってしまった。

屋敷を去ってよそで働くようになった人達が、一緒に勤めないかと二人を誘いに来たことも、何度かあったらしい。子供の時分から屋敷で育てられ、薄いながらもお祖母様と血縁もあった婆やはともかく、爺やはその気になっても不思議ではなかった。だが仲の良い二人は決して動こうとはしなかった。

「依子様と聡子様お二人だけを残して、私達が他のお屋敷へ行ってしまうなんて、そんなことはできません。お役に立てる間は、どうぞここに置いて下さいまし」

お母様が訊ねると婆やはこう言って、まともな手当も受け取らずに、二人一緒に残ってくれているのだそうだ。

そんなある日のこと、見覚えのある中年の女が婆やの部屋へ遊びに来た。以前お母様に仕えていた侍女の一人で、婆やと一番仲が良かった人だと思う。いつも婆やの傍にいた私は、訳も分からないまま、黙って二人のおしゃべりに耳を傾けていた。

縫い物をしている婆やの傍に座って、ひとしきり婆やの愚痴を聞いていたその人が、意地の悪そうな表情を浮かべてこう言った。

「そりゃあ近頃の若い男達ときたらね、将来自分のことを引き立てて、確実に出世をさせてくれそうな位の高い人や、大金持ちの娘ばっかり狙っているんだよ。あいつらはそんな人を鵜の目鷹の目で探しているんだ。顔が思い切り不細工だろうが、がりがりに痩せていようが、そんな事はどうでもいいんだからさ。依子様みたいに後見をしてくれる親が、二人とも亡くなられてしまったんじゃあねぇ。ご先祖様から受け継いだ余程大きな財産でもお持ちなら、話は又別なんだけど。それに依子様の場合は、最初のお相手があんな立派な方だっただけに、次を見つけるのは却って難しいわねぇ」

続けて女は、今自分が仕えている六十歳の元大蔵大夫に、お母様のことを斡旋してあげようと、いかにも恩着せがましく持ちかけた。

その女が言うには、大蔵大夫を勤めていた者は、皆間違いなくとびきり懐が豊かなのだそうだ。しかも年齢の割には元気で、年をとっていても複数の妻を持つものが多いのだという。

それを聞いた婆やは口を尖らせて言い返した。

「依子様は恐れ多くも天皇家の血を引いておられる方ですよ。金で地位を買ったような、そんじょそこらのいい加減な貴族なんか、相手になさいませんよ」

自分はお母様にふさわしいお相手を見つけるために、秘かにいろいろな手を打ってあるから、と言ってきっぱりと断った。

婆やの奮闘のお蔭かどうかは分からないが、時には家柄も良くそれなりの地位におられる方が、求愛の歌を送ってこられることも何度かあったらしい。けれども結局兼家様の後、お母様の所に通ってきた人は一人もいなかった。

婆やに言わせれば、そもそもお母様自身にその気がないのがいけない、のだそうだ。

「依子様は何事につけても控えめでいらっしゃるから。それにしてももう少し積極的に、返歌などして下さればねぇ」

いかにもじれったそうに言う。

お母様ご自身は屋敷の奥の、御簾を下ろした薄暗い部屋の中で、いつも脇息にもたれてひっそりと、一人で物思いにふけっておられた。私が婆やの言葉をそのまま伝えると、苦笑を浮かべながら淋しそうに俯いて、首を横に振られただけだった。


婆やはお母様を励ましながら、まず牛車や牛馬などを処分して砂金に換えた。その金が底をつくと、漆塗りに螺鈿を施した文箱や経机、双六盤などの豪華な調度類や、お祖父様の昔の装束などを、少しずつ絹や麻の反物と交換していったらしい。

そうやって何年かの間、私達の食事を調えてくれていたようだ。だが食べ物と交換できるものも、次第に少なくなっていく。

二年前にはついに、お母様がお祖父様から受け継がれた二条の広いお屋敷を、溜まりに溜まった借財のせいで、手放さなければならなくなった。それからは爺やの知り合いの紹介で、家の前にわずかに前栽があるだけの、庭もない五条の小さな家を借りて、四人でひっそりと暮らしてきた。

周りには似たような粗末な家が建てこんでいて、隣家からは昼も夜もなく、子供達がけんかをする声が筒抜けに聞こえてくる。朝は早くから家の前の小路に、頭の上に野菜や花を載せた小袖姿の女達や、干魚や貝を売る男達が、大声で叫び歩く声が響いていた。

婆やはいつもお母様に向かってそんな生活を申し訳ないと言っていた。お母様はお母様で婆やの苦労をすまないとおっしゃり、愚痴めいたことは一言もお漏らしにならない。

お互いにそんなふうに言いながら細々と暮らしていたが、都での生活は何かにつけて物入りなのだそうだ。これから先のやりくりをどうしたものかと、婆やは一人で頭を悩ませていたらしい。

丁度そんな時、お祖父様の十三回忌に大津から、伯父様である覚正様がお参りに見えた。覚正様は私達の家に来られ、生活ぶりを見られて大層心配されたらしい。

「どうだろう。思い切って四人一緒に、私の寺がある大津に来て暮らされては。何もない所だが村人はみな優しいし、食べ物は京よりずっと新鮮で美味い。なによりも私の寺の近くにいて下されば、私も安心していられるからね」

伯父様のお世話で今私達が住んでいる茅葺きの家は、元々は百姓家だったらしい。周囲を低い土塀に囲まれていて、裏には雑木林がある。初めて来た日には裏庭の隅に植えられた紅白の萩の花が、いっせいに風に揺れていた。敷地の隅には農作業の道具をしまうための小屋がある。その中を覗いた爺やは、春になったら裏庭の半分を畑にして野菜を植えようと言い、毎日せっせと土作りに励んでいる。

急に冷たい風が吹き始めた日の昼下がりだった。婆やに頼まれて時々魚を求めに行く爺やについて、私は初めて湖まで歩いていった。

寺の前の広い道をしばらく歩いていくと、突然道が細くなった。一本道の両側に、狭い板囲いの家が窮屈そうに並んだ集落が続く。四半時（約三十分）ばかり歩いてそこを抜けると、突然眼の前が明るく開けて湖岸に出た。

沖合に目をやると、抜けるような秋空の下に、透き通った藍色の水が見渡す限り広がり、対岸は全く見えない。水平線上には何艘かの船が、ゆったりと行き交っている。私はその光景を一目見るなり心の中まで晴れ渡り、浮き立つような気持ちになった。手前にはまぶしい程白い砂浜が続いていて、その上に大小さまざまな漁船が十艘ばかり引き揚げてある。

私は爺やと手をつないで、滑って歩きにくい砂の上をゆっくりと進んでいった。引き上げてある船と船の間に、赤銅色に日焼けした若い男がうずくまっているのが見える。

男は烏帽子も着けていなくて、肩まで伸びた髪を藁縄で一つに結わえている。空は晴れているとは言え、浜辺にはもう冷たい風が吹いているのに、筒袖の上着に短い袴を穿いて足は裸足のようだ。筵の上に胡坐をかき、膝の上に黒い大きな魚網をひろげている。低いが良く通る声で何か歌のようなものを唸りながら、どうやら俯いて一心に破れた網を繕っているらしい。

男の傍らには茶色い大きな犬が腹を見せて寝そべっている。よく見ると同じ色のころころした仔犬達に乳を飲ませているのだった。仔犬は五、六匹いるようだ。

仔犬見たさに思わず近寄ろうとすると、親犬が頭をもたげて鋭い目で私の顔を見た。黒い小さな両眼が不安そうに光っている。私はその険しい眼が怖かったので、少し離れたところにそっとしゃがみ込んだ。

そこから首を伸ばして仔犬達を眺めていると、傍から爺やが声を潜めて言った。

「この男はシゲという名で、まだ十三歳なのに鮒釣りの名人でしてな。もうこれでも一人前の漁師なんですよ。そうだ聡子様、仔犬を飼ってみますか。貰ってあげますよ」

爺やは驚いている私の頭越しに、大きな声で若者に話しかけた。

「シゲよ、これはお前が飼っている犬かね。もし良かったら小さいのを一匹、うちのお嬢様に分けて貰えんかね」

シゲと呼ばれた若者は手を止めて顔を上げ、眩しそうに目を細めて爺やを見た。それからゆっくりと私の顔に視線を移した。肩幅が広くがっしりとしていて、背は高そうだが顔は丸く、まだ子供らしさが残っている。怪訝そうに眉をしかめて私を見ていたが、すぐににっこりと白い歯を見せて笑った。日に灼けた顔の中の切れ長の眼が、はっとするほど涼しくて、笑顔が爽やかだった。

「ああそうか、こちらが大徳様《だいとこさま》（僧への敬称）のご親戚だと言うお嬢様か。ええとも、どれでも好きなのを持って行って下せえ」

笑顔のままで頷き、大きな声でそう言いながら、若者は私の顔から眼を離さない。その視線の強さにどぎまぎして、私は慌てて仔犬達の方へ眼を逸らした。

どの仔にしようかとしばらくの間迷ったが、私に似て一番小さくて、そのくせ一番元気のよさそうな仔に決めた。丁度爺やの両掌に乗る大きさだった。爺やに抱かせてもらうと、ぺろぺろと頬をなめられてくすぐったい。

嬉しくて笑いながら顔を上げると、シゲも笑顔のままでまだじっと私の顔を見ている。私は思わずたじろいで、急いで彼の顔から眼を逸らした。

シゲに言われた通り、お礼の挨拶の代わりに親犬の頭をそーっと撫でさせてもらった。親犬はいかにも安心したというように、頭を元通りに筵に付け、残りの仔犬達にもう一度乳を飲ませ始めた。

続いてシゲから、今朝釣ってきたという大きな鮒を五匹ばかり分けて貰った。爺やが鮒をぶらさげ、私は仔犬を抱いてゆっくりと帰途についた。歩きながら爺やと一緒に仔犬の名前を考える。私は以前読んだ物語の中に出てきた、勇敢で逞しい若者の名前を思い出して、「獅子丸はどうか」と聞くと、爺やは「それは良い名だ」と、褒めてくれた。

私は帰る道々嬉しくて、一刻も早く獅子丸をお母様に見せたいと思い、どんどん早足になってしまった。家に帰り着くとすぐに仔犬を抱いたまま、奥の部屋におられたお母様の所へ駆けていった。獅子丸を見せるとお母様は驚かれて眼を丸くされたが、結局いつものように何も言わずに笑っておられた。

婆やは眉をひそめて両手を挙げ、一瞬何か言いたそうに口を開いた。だがお母様の笑顔を見て諦めたらしい。苦笑いを浮かべながら土間の隅に、獅子丸のために藁で寝床を作ってくれた。

それ以来十日毎位に、晴れた日の昼過ぎにシゲが、家に顔を見せるようになった。大抵は鮒をぶら下げて来るらしい。私が仔犬に獅子丸という名前をつけたことを爺やから聞くと、「強そうな名前だ」と言って喜んでいたそうだ。

婆やはシゲがこの家に気安く出入りするのが、気に入らないらしい。

「あの子は本当は、聡子様のお顔を見に来ているのではないでしょうか。昨日も獅子丸の名前を呼びながら、家の入り口の辺りをうろうろしていたんですよ。見つけるなり思い切り怒鳴りつけてやりました。でも田舎者だから、いくら言っても聡子様が、自分とはご身分が違うんだってことが分からないんですねえ」

婆やに怒鳴られたせいだろうか、さすがにその後十日を過ぎてもシゲは現れなかった。

私は婆やの話を聞いてから、却ってシゲのことが気にかかり、寒い日も獅子丸と一緒に庭で遊んだり、鶏小屋の掃除をしている爺やの邪魔をしたりして、なるべく長く庭にいるようにしていた。

その後四、五日遅れたものの、入り口にシゲの声が聞こえた時にはほっとした。もっとも私はシゲの声が聞こえたとたんに、さっと家の中に走り込んでしまったのだけれど。

霜月《しもつき》（旧暦十一月）の半ばになると、しょっちゅう雪が舞うようになった。

昨日は陽が差していたので婆やの眼を盗んで、庭をはしゃぎまわる獅子丸と追っかけっこをしていたら、日陰に消え残った雪の上で滑って、もう少しで転びかけた。もし転んでどこかに怪我でもしていたら、婆やにうんと叱られただろう。獅子丸を貰ってくれた爺やまで叱られたかもしれない。そんなことにならなくて本当に良かった。

今朝は早いうちから家の前の道に、近所の子供達が集まって騒いでいるようだ。土間へ出て耳を澄ませると、「しもくち、しもくち」という声が聞こえる。どうやら誰かが皆に、しもやけよけのまじないを教えているらしい。その中にシゲの声も混じっているような気がする。

それで私も表に出て、どのようにするのか教えてもらおうと思ったら、婆やが慌てた表情で入り口まで追いかけてきた。眉をしかめていつもの文句を口にする。

「外へ出られてはいけませんよ。いいですか、世が世ならば聡子様は、都のお屋敷にお住まいされているお嬢様なんです。こんな田舎の子供達と道端で話したり、一緒に遊んだりなんかなさったら、御先祖様の御身分とお名前に傷がつきます」

御先祖様の御身分やお名前が、今の私にどんな意味があると言うのだろう。口を尖らせて思わず口答えをしてしまう。

「だって知らずにいてしもくちになったら嫌だもの。やっぱり出ていって私もまじないを習いたいわ」

すると婆やは澄ました顔をしてこう言った。

「外へ出歩いたりなさらなければ、しもくちになんかなりません」

思わず俯いて笑ってしまった。婆やも口に手を当てて笑っている。

それでもやっぱり私も、他の子供達と一緒に外で鶏に餌をやったり、着物の裾をたくしあげて、小川で小魚をすくったりしてみたい。でもそんなことを言ったら、きっと又婆やが泣いたり怒ったりするに決まっている。だから諦めて、家の中でおとなしくしているより仕方がないのだ。

私は渋々奥の部屋に古い小机を据え、先日伯父様から頂いたお手本を使って、一人で手習いを始めた。一心にお手本を書き写していると、ふいに入り口の方から獅子丸が走り回るような物音と、その後嬉しそうに鼻を鳴らす音が、聞こえたような気がした。

ひょっとすると又、シゲが獅子丸と一緒に庭へ入ってきたのかもしれない。私は筆を置き耳を澄ませて、シゲと獅子丸が縁先に現れるのを待った。

ところがそれきり何の音もしない。獅子丸が奥の庭へ走ってくる気配もなければ、シゲの声も聞こえない。私はじっとしていられなくなり、立ち上がって縁側に出て周囲を見回してみた。けれど庭には誰もいないようだ。裏の雑木を揺らす風の音だけが、ヒューヒューと鳴っている。

がっかりして部屋の奥へ戻ろうとした時、縁側の端に何か、緑色の草のような物が置かれているのに気付いた。何だろうと思って近寄って見ると、そこには三本のりんどうの花が無造作に置いてある。

さっきまでは確かに何もなかった。婆やなら、こんな所に花を置きっ放しになど、決してしない。やはり誰か来たのだろうか。花を抱いたまま周囲を見回していると、裏庭から鋤を持った爺やが姿を見せた。爺やは私がじっと見ていることに気付いたのか、鋤を置いて縁側へやって来た。

「聡子様、何かご用ですか」

「いえ、用ではないけど、このりんどうの花は、爺やがどこかで摘んできてくれたの」

爺やは目を丸くして首を横に振った。それから「ああ」と頷いて笑った。

「それはきっとシゲの仕業ですよ。あいつは先日も小菊を持って、入り口の辺りをうろうろしていたらしいが、婆さんにどなられて逃げていったそうです」

爺やは縁側に座って、浜辺の漁師から聞いたという、シゲの身の上をゆっくりと話してくれた。

シゲは十数年前に、新任の国司に従って都から下ってきた男と、地元の漁師の娘との間にできた子だった。だが男はその娘が身ごもっていることを知る前に、都に戻っていってしまった。絶望した娘は毎日泣き暮らしていたが、シゲを産んですぐに亡くなったという。

娘が死んだ後は娘の両親がシゲを育てていた。ところが二、三年前に二人とも相次いで亡くなったそうだ。シゲは今、祖父母の残した古い家と小さな漁船を守って、細々と一人で暮らしている。昔祖父母が仲良くしていた隣家の漁師夫婦がシゲのことを不憫がって、時々世話を焼いてくれているのだそうだ。

話が一段落した時、突然爺やが萩の茂みに向かって、大きな声で呼びかけた。

「シゲよ、そんなところに隠れてないで出て来い。ここから足が見えているぞ」

シゲが頭を掻きながら現れ、ゆっくりと縁側に近づいてきた。胸に獅子丸を抱いている。私がりんどうの花の礼を言うと真っ赤になって、獅子丸を下ろしながら小声で言った。

「花が好きなんだろう。又摘んできてやるよ」

爺やが唇に右手の指を当てながら、シゲに向かって追い払うように左手を振った。とたんに婆やの声が響き、あっという間にシゲの姿が消えた。


その後何日か経った日の午後に、奥の部屋でお母様と一緒に昔物語を読んでいると、表の入り口で案内を請う男の人の大きな声が響いた。そのとたんに、既に貰ってきた時の倍くらいに成長した獅子丸が、一人前に大きな声で吠え始めた。婆やが慌てて獅子丸を叱りながら、応対に出る。すぐに戻ってきた婆やは、都に住んでおられるお母様の弟君の覚真様が、訪ねてこられたのだと告げた。

この方はお母様とは十以上も年の離れた腹違いの弟君だ。産んだ母親はお屋敷に勤めていた侍女だった。大津の伯父様の時と同様に、覚真様がまだ幼い時分にお祖父様が、ご縁のあった東山近くの寺に預けられたと聞いている。

京にいた頃には、お母様は覚真様とは付き合いは全くなく、お祖父様の法事の時に、初めてお互いに挨拶をされたのだそうだ。

「まあ珍しいこと。一体なんの御用で来られたのかしら」

お母様は首を傾げながら表の間へと立って行かれた。

私は隣の部屋の柱の蔭に座ってそっと覗いてみた。青く剃りあげた頭に黒い袈裟をまとって、円座《わろうだ》に座っておられる後ろ姿が見える。ほっそりとした背の高い方のようだ。

お母様は小袖の上に古い袿を二枚重ねられ、向かい側に置かれた少し色の褪せた縹色の几帳の蔭に、ひっそりと座っておられた。

覚真様は頭を低く下げて、無沙汰を詫びる長い挨拶をされた。その後ゆっくりと顔を上げ、お坊様らしいよく響く低い声で話し始められた。

「このように突然お伺い致しまして、さぞかし驚かれたことと思いますが、姉上様は中納言藤原兼家様の奥様である雅子様のことは、ご存知でいらっしゃいますね。実は私は今日、雅子様のお使いとしてこちらへ参ったのでございます」

お母様の小さな声が覚真様の話を遮った。

「雅子様のことは昔から存じ上げております。しかし私は今日まで、雅子様とはお会いしたことも、お便りを交わしたこともございません。一体どんなご用件なのでしょうか」

「実は申し上げ難いことなのですが、雅子様は中納言様のお子である聡子様が、先日来こちらにおられるとお聞きになり、姉上様が聡子様を養女に出される気は無いだろうかと、おっしゃっておいでなのです。ご存じでしょうが、雅子様にはお子様は道綱様お一人しかおられません。そして道綱様は来年には十八歳になられます。道綱様が近い将来結婚されて、お屋敷を出て行かれることになれば、雅子様は一人暮らしになってしまわれます。そんなわけで、ぜひ聡子様を引き取ってお世話をしたい。そうしてご自分の命の果てるまで傍にいてもらいたいと、このようにおっしゃっておられるのです」

　私は思いがけない話に驚いて、頭が真っ白になり身動きもできず、ただじっと柱に寄りかかっていた。

　婆やに聞いた話では、雅子様と言えばその昔、お母様の字や歌をつたないとか下手だとか言ってけなし、兼家様がお母様と別れる原因を作った人ではないか。お母様の娘である私が、そんな人のところへ養女に行くなんてことは、絶対にありえない。まして女の子がいないから、将来自分が淋しくなって心細いから、他人の子を貰いたいだなんて。そんな話はおよそ身勝手というものではないか。お母様も戸惑ったようなお声で、心外そうにおっしゃる。

「急にそんなことをおっしゃられましても、私にとっても聡子はたった一人の娘ですよ」

それを聞くと覚真様は、身体をゆっくりと前に傾けながら、ぐいと膝を乗り出された。

「姉上様にとって聡子様を手放せなどという話は、まして兼家様の奥様である雅子様の養女になどとは、聞くだけでもさぞ腹が立つことでしょう。お気持ちはお察し致します。しかし聡子様の将来を考えれば、さてどうなのでしょうか。拙僧と致しましては、これは願ってもない結構なお話だと思うのですが」

几帳の向こうからはなんの反応もない。覚真様の声が少し小さく低くなった。

「こんなことを申し上げては失礼かとは思いますが、このような所でこんな風に暮らしておられては、聡子様のためにしかるべきご縁組を見つけることも、難しいのではございませんか。その点都には、雅子様のお父上である丹波守倫寧殿もご健在です。倫寧殿はこれまで長年にわたり、陸奥、河内、丹波等大国の国司を歴任され、大層な資産をお持ちだとうかがっております。それだけではありません。雅子様のお屋敷におられれば、お父上である中納言様とお会いになる機会もありましょう。そうなれば中納言様にも、聡子様にふさわしいお相手のことや、将来のことも考えて頂けるのではないでしょうか」

すぐに断って下さるだろうと思ったのに、相変わらずお母様のお返事は聞こえない。しばらくすると几帳の向こう側から、かすかに苦しげなすすり泣きの声が聞こえてきた。次第にその声が大きくなった。

そっと伸びあがって見ると、覚真様は縁側の遥か向こうに白く雪にかすむ山の稜線を、じっと眺めておられるようだ。そのうちお母様はようやく気を取り直されたらしい。まだお声が少し震えてはいたが、とぎれとぎれに訊ねる声が聞こえてきた。

「おっしゃることはよく分かりました。でもあなたは……兼家様が聡子のことを確かに御存知だと……十年以上も前に生まれたあの子のことを、今も覚えておられる、とおっしゃるのですか」

「はい、勿論ですとも。実は雅子様のお話では、聡子様がお生まれになった時、中納言様は雅子様に、さるところに近頃外で産ませた娘がいるのだが、引き取って育てる気はないか、とお尋ねになったそうです。その時には雅子様は、ご自分もそのうち娘を産むことができるだろうと思われて、きっぱりとお断りされたそうです。とにかくそんなわけで、中納言様は間違いなく、聡子様をご自分のお子だと認めておられますし、気にかけてもおられたのです。ですからこのたび雅子様は、折をみて聡子様をぜひ中納言様に会わせてさしあげたい、ともおっしゃっておられます。これは聡子様にとって、非常に有難いお話だと思われませんか」

几帳の向こうから二度ばかりお母様の長いため息が聞こえ、その後部屋はひんやりと静まりかえった。身を縮めていると、しばらく経ってから軽い咳払いに続き、お母様の低い震える声が聞こえてきた。

「そうですか。そういうことならば、……おっしゃる通り……これは聡子のために、有難くお受けする方が良いお話なのですね」

私は自分でも気付かないうちに、両拳を固く握りしめていた。頭の中には不安と憤懣が渦を巻いている。私がいなくなったら、お母様の将来はどうなるのか。婆やと爺やだっていつまでも生きているわけにはいかないのに。行く末誰がお母様の傍でお世話をするというのか。

それよりなによりお母様は、私が兼家様に会うことをなぜ有難いなどとおっしゃるのだろう。私はお母様や私を捨てた兼家様や、お母様のことを馬鹿にした雅子様のお世話になど絶対になりたくないし、誰とだろうと結婚なんかしたいとも思っていない。

　思い切って部屋の中へ飛び込んで、そう言おうと立ち上がりかけた時、ふいに誰かが後ろから強い力で私の肩を押さえつけた。首を捻って見上げると婆やが立っている。婆やは私をもう一度座らせると、唇に人差し指を立てて首を横に振って見せた。

　重苦しい空気の下、沈黙に沈んでいた隣の部屋から、お母様の低い途切れ途切れの声が聞こえてくる。

「実を申しますと、このたび私は得度して、尼になる覚悟を決めてこちらへ参ったのです。今となってはもう、私の人生は終わったも同然なのですから。でもいざとなりますと、自分の都合で、こんな田舎へ連れてきてしまった聡子の将来が気にかかり、どうしたものかと迷って、出家するのを一日延ばしにしておりました。……ですからおっしゃる通り、雅子様のお申し出は聡子のために、いえ母である私にとりましても、非常に有難いことでございます。中納言様が、父親としてあの子の将来まで責任を持って面倒を見て下さるということならば、私は明日にでも喜んで、この世を捨てることができるというものです。聡子のことはすべてお任せ致しますので、あなた様のお力でどうぞよろしいように、お話を進めて下さいませ」

思わず婆やの手に縋りついた。お母様はご自分が仏門に入るために、私が邪魔だとおっしゃるのか。だから私を都へ追い返そうとなさるのか。……ひどい、お母様が私をいらないとおっしゃるなんて……信じられない。

婆やは凍りついた私の背中を、ゆっくりと撫で始めた。その手の温かさを感じているうちに、両の眼からどっと涙が溢れだし、婆やの顔がかすんで揺れ始めた。

婆やは私を支えて立ち上がらせ、そっと部屋から連れ出した。私は奥の部屋で婆やの膝に突っ伏して、声を殺して泣いた。

どのくらいの間泣いていたのだろうか。顔を上げて見ると、婆やの眼にも涙が溢れそうになっている。私は婆やの膝を揺すりながら、声を抑えて必死で訴えた。

「私は雅子様のところへ行くなんて絶対に嫌だ。兼家様にも会いたくなんかない。お母様が仏門に入られるなら、私も一緒について行きたい。覚真様のお話を今すぐに断っていただくように、婆やも一緒にお願いしておくれ。お願いだから、一生のお願いだから」

だがどう頼んでも、婆やは黙ったまま首を横に振り続ける。その都度婆やの両眼に溜まっていた涙が、はらはらと私の手や膝にこぼれ落ちた。

夕食の後でお母様に、今まで通りここに置いて頂きたいとお願いしたが、婆やと同じように全く取り合って下さらない。私が嫌だと言って泣いたことを、既に婆やから聞いておられたのだろう。

翌朝もう一度話を持ち出すと、顔を背け、震える声を絞り出すようにしてこう言われた。

「私は母としてあなたの幸せを心から願うからこそ、このお話をお受けしたのです。どうかもうこれ以上決心を鈍らせるようなことを言って、私を苦しめないでおくれ」

私は黙って俯いた。お母様を苦しめるなどと言われれば、引き下がるよりほかはない。

その日一日中一人で部屋に閉じ籠もり、私は考え続けた。そして心に決めた。お母様が私をいらないと言われるのなら、どうしても一人で都へ戻れと言われるのなら、出発の前に湖に身を投げて死んでしまおう。お母様がこの世を捨てるとおっしゃるのなら、私はこの先自分のことは自分で決めなければならない。私は雅子様の所へなど絶対に行きたくない。それなら死んでしまえばいいのだ。そうだ、いっそ死んでしまおう。

そう心に決めてからは、自然にお母様や婆やの言いつけを、以前よりもよく守るようになった。お母様は安心され、私が少し大人になったと喜んでおられるようだった。

何度か雅子様から文が届けられ、お母様もその都度お返事を書いておられた。ここを出立するのは如月《きさらぎ》（旧暦二月）の十七日と決まった。京へ到着後一日休んで、雅子様のお屋敷へ行くのは十九日の朝になるらしい。雅子様は占い師に吉となる日と方角を調べさせて、そうするようにとお母様に言ってこられたのだ。

私は暦を見ながら考えて、湖に身を投げるのを十三日の夜と決めた。そうすれば私が死んだことが十四日か、遅くとも十五日中には京の雅子様に伝えられて、覚真様が十六日に私を大津まで迎えに来られる必要もなくなるからだ。

このところ毎日お母様は、ご自分の数少なくなった衣装をほどいては、婆やに命じて私の寸法に合わせて仕立て直しをさせておられる。私にも婆やを手伝って、裁縫を覚えるようにと言われた。

結局無駄になるのに、そう思うと気が進まなかったが、それでもお母様に喜んで頂きたくて、できるだけ真面目に手を動かしていた。裁縫をするのは初めてだったが、三日も無心に取り組んでいると、縫い目が真っ直ぐに揃うようになった。

婆やは黙って仕立てを手伝う私を見て、京へ行く気になったと思っているようだ。以前婆やはあんなに兼家様や雅子様のことを恨んでいたはずなのに、そんなことは全く記憶から消えてしまったみたいだ。それどころか時には、私が京へ行く支度をすることを、喜んでいるようにさえ見える。

私には婆やのそんな変わりようが信じられなかった。裏切られたような気がして、ただただ恨めしく悲しかった。

支度と言えばもう一つ、お母様は私に歌の勉強をするように命じられた。雅子様の養女として恥ずかしくないように、もっと教養を身につけておかなければ、とおっしゃるのだ。

爺やが京から担いできたつづらをかきまわして、一冊の古い書物を持ってこられた。以前誰かが様々な歌集から好きな歌を書き写したものらしいが、難しい字や癖の強い字が多くて、私には読みにくいしほとんど意味が分からない。

それでも字を読むのは好きなので、分からないところをお母様に訊ねてみた。だがどうやらお母様にも手に負えないらしい。仕方なく読める歌だけを選んで、それらを写しながら丸暗記をすることにした。

そうやって分からないままに暗記をし、歌を口ずさんでいると、なぜか突然暗闇に光が差すように、ぼんやりと意味が分かってくることがある。そうなると面白くなって、そんな歌を少しずつ覚えたり、時には分からない字をお世話になっている覚正様に、訊ねたりするようになった。

覚正様はどんな時でも喜んで教えて下さる。一緒に意味を考えたりして、結構面白がっておられるようだ。私にとっても歌の勉強は思っていたよりも楽しくて、いつも始めるやいなや時を忘れて夢中になってしまうのだった。

お正月には久しぶりに都から覚真様がやって来られた。縁側からちらちらと舞う雪を見ながら、皆でささやかな祝宴を催した。志賀山の頂上も、先日来の雪に覆われて真っ白に輝いている。

縁側の前の紅白の梅の木には、小さな蕾が無数についている。大人の人達は濁り酒を飲みながら、都の二条のお屋敷にあった、大きな紅梅の木の思い出話をしておられる。お祖父様が二歳のお母様を連れて、大津から京のお屋敷に戻られた年に、記念にと植えられたのだそうだ。紅色の花が満開の時には、それはそれは美しかったものだ、と婆やが言う。続いて覚真様は、幼い頃に一度だけお祖父様に連れられてお屋敷に行ったが、紅色の花びらがはらはらと散って、池の水面を真っ赤に染めていたのを覚えている、と話された。

　その後覚真様が赤くなった顔を揺らしながら、都で流行っているという催馬楽《さいばら》の歌を披露される。お坊様らしくよく響くいい声だ。歌が終わると皆の拍手が部屋中に響いた。誰も気付かないうちにいつの間にか雪が止んでいて、庭から部屋一杯に初春の柔らかな日差しが差し込んでいる。

　丁度その時、まるで歌声に誘われたかのように、梅の木の方角から鶯のさえずる声が聞こえてきた。まだ鳴き慣れない若い鳥らしく、ホー、ホー、キョ、ホー、ケキョ、などとたどたどしく鳴いている。覚正様が楽しそうに笑いながらおっしゃった。

「正月に鶯の初音を聞くとは、なんとめでたいことじゃ。若くて初々しい、まるで聡子殿を思わせるような鳴き声ではないか。そう言えばこのところ和歌を学んでおられるようだが、聡子殿、何か一つ正月にふさわしい歌を披露して下さらんか」

　皆の期待と好奇心を込めた視線が私に集まる。私は突然のことに緊張して、頭が真っ白になった。

「そんな、まだ無理です。勉強を始めたばかりなのに」

そう言いかけた時、丁度昨日覚えた歌が頭に浮かんできて、思わず声に出てしまった。

「あらたまの　年立ちかえるあしたより　待たるるものは鶯の声」

「おおっ、これはお見事。聡子殿さすが、良い歌を覚えておられる」

覚正様が大声をあげられた。覚真様も笑顔で拍手をされている。

「まあ、聡子いつの間にそんな歌を覚えて」

お母様の嬉しそうな声にはっと我に返った。まあ恥ずかしい。顔を隠しながら慌てて部屋から逃げ出した。

大勢の人々がどよめく音に驚いたのか、獅子丸が縁の下から首を伸ばして、けたたましく吠え始めた。私が急いで庭に回って縁の下を覗くと、すぐに吠えるのを止めて飛び出してきた。長くて先だけが白い尾をちぎれるように振っている。

如月に入ると庭の二本の梅の木には、いつの間にか紅白の花が華やかに咲き始めた。

夕刻になり、陰ってきた日の光を惜しみながら歌集をひろげていると、お母様が静かに部屋に入ってこられた。そばに座って黙って私の様子を見つめておられる。お顔を見上げるとふと背筋を伸ばし、微笑みを浮かべてゆっくりと話し始められた。

「今日はもう十二日、いよいよ京へ出立する日が近づいてきましたね。聡子はとても小柄だから、ついいつまでも子供だとばかり思っていたけれど、数えてみればもう十三歳になったのですね。世間では十三歳と言えば、もう立派な大人の女性として扱われる年齢なのですよ。今日はあなたに話しておきたいことがあるのです」

私がはいと頷くのを確かめてから、ゆっくりと言葉を続けられる。

「私を育てて下さった母上は、私がまだ六歳にもならない幼い時に亡くなられた。そのことは知っていますね。父上はお母様のおられないお屋敷に帰るのがお辛かったのでしょうね。宮中でのお仕事の後は、いつも外の若い奥様の所へ行かれて、お屋敷へは滅多に帰ってこられなかった。だから屋敷にいるのは召使ばかりで、私の教育のことを真剣に考えてくれる人など、ほとんどいなかったのです。恥ずかしいことに私自身ものんびりしていて、女としての教養を身につける機会がろくにないままに、うかうかと年を重ねてしまい、後で色々と恥ずかしい思いをしました。ですから聡子、あなたには是非教養をしっかりと身につけてほしいと願っているのです」

お母様は両手を膝に置き、顔を庭の方へ向けて、しばらくじっと梅の花を眺めておられた。ふと気付いたようにため息をついて、視線を私の顔に戻される。

「聡子がいなくなることは、私にとっては生きがいを奪われるのと同じこと、本当に悲しい事です。それでも私は、あなたが雅子様の養女にしていただけることは有難いことで、心から感謝をしなければと思っています。雅子様は歌の上手として、お若いころから都中に知られた方で、兼家様も雅子様の歌の才をとても誇りに思っておられるとか。そのうえあの方は琴も絵もお上手で、染色、裁縫、なんでも人並み以上におできになる立派な方だと聞いています。ですからあなたがお傍に行って、直接色々なことを学ばせて頂けるのは、本当に幸運なことなのですよ」

お母様の口から、雅子様についてこんな言葉を聞くとは意外だった。思わず顔を上げて叫んだ。

「でもお母様、婆やは以前、雅子様はお母様の仇だと言っていましたわ。なぜそんな方のことをお褒めになるの」

眼を大きく見開き、驚いた様子で私の顔を見つめておられたが、すぐにふっと表情を崩して小さくお笑いになった。

「婆やがそんなことを言っていたのですか。そうねえ、確かに私も一時はお二人のことをずいぶんと恨んだものでした。でも振り返ってみれば、あの頃兼家様は三十一歳だったけれど、若々しくて颯爽としておられて、思わず見とれるほど御立派でした。

私は雅子様にお会いしたことはないけれど、とてもお美しい方だと聞いています。あのころはまだお若くて、さぞ輝いておられたことでしょうね」

　俯いてご自分の手の甲をゆっくりと撫でながら話を続けられる。

「私の方は、初めてお会いした時にはもう三十を超えていたし、両親とも亡くなっていたので、兼家様の面倒を見て差し上げることもできず、私自身に教養もないために、ちゃんとした歌のお返しすらできなかった。今思えば、初めから無理なご縁だったのですね。それでも兼家様はお通いが途絶えがちになってからも、季節の変わり目には私に衣装を贈って下さったり、父上の一周忌の時には結構なお供えを届けて下さったり、本当によく気の付く優しい方でした。あの方ならきっと父親として、あなたの将来のことも真剣に考えて下さるでしょう」

　黙って目を伏せていると、そっと私の方へにじり寄り、私の手を取って続けられた。

「私のたった一つの願いは、あなたが将来立派な方と結婚をして、雅子様のように背の君から大切にされ、一生幸せに暮らすことです。娘を持つ母親ならば、みんな当然そう願うものでしょう。だから私は大津へ来て以来、あなたをこんな田舎へ連れてきたことであなたの将来を閉ざしてしまったと、情けない自分をずっと責めていたのです。仕方がなかったとは言え、それを思うたびにどれほどつらかったことか。それがこのたび雅子様のお申し出のお陰で、私はあなたの将来に明るい希望を持つことができました。聡子、京へ行って新しい人生を生きておくれ。あなたの幸せな将来は私の夢でもあるのです。あなたは頭がいいから努力さえすれば、きっと立派な女性になられることでしょう」

私は急いで首を横に振ったが、お母様は私の肩に手を置いてにっこりと頷かれた。いつの間にか日が沈んで、遙かに霞む山の端が夕焼けに染まっている。藍の色がだんだん濃くなっていく西の空を、二人並んでじっと眺めていた。

しばらくするとお母様は、私を一人残して、静かに部屋を出ていかれた。

言われた言葉がぐるぐると何度も頭の中を駆け巡る。お母様は努力をして雅子様のように教養を身につけ、お父様のような立派な家柄の人と結婚することが、私が幸せになる唯一の道だとおっしゃる。……そうだろうか。

いいえ、私はここでお母様と婆やと爺や、そして獅子丸と一緒に静かに暮らす方がいい。皆と別れて一人で都へ行くなんて、心細くて絶対に嫌だ。ましてお母様のおっしゃるような厳しい雅子様の養女になって、どんな良いことがあるというのだろう。

だけど、あんなに優しいお母様に逆らって苦しめたくはない。迷っているうちに夜が明けて、とうとう二月十三日になった。どうすればいいのか、いくら考えてもやはり、一人で京へ戻る気にはなれない。もう大人だと言うならなおさら、自分のことは自分で決めていいはずだ。それならやはり、決めた通りに入水を決行しよう。

朝から空がどんよりと曇っていて、冷たい気味の悪い風が吹いていた。午後になると次第に風の音が強くなり、まるで日の暮れる直前のように暗くなってきた。斜めに吹く風に混じって、時々ばらばらと音をたてながら雨粒が吹き付けてくる。だが降ったり止んだりで長くは続かない。

夕餉を済ませるといつものように婆やが、早く寝るようにと急かす。衾《ふすま》（夜具）をかぶり、寝たふりをしながら時間が経つのを待った。暗い部屋の中で眼を開いて、じっと家の中の気配を窺っていた。

爺やと婆やはいつも寝るのが早いので、家から出ても気付かれる心配はないだろう。

お母様は遅くまで眠れないご様子だった。隣の部屋で時々ため息をつきながら、何度も寝返りをうっておられる。それでもじっと待っていると、いつの間にか物音が途絶えた。ようやく寝つかれたようだ。

家中がしんと寝静まった中、ビュービュー吹きつける風と、バラバラと壁にあたる雨音だけがうるさく響いていた。突然、雨風の音の合間に獅子丸が鼻を鳴らす音が聞こえてきた。お腹でも空いたのか、それとも嵐の音がこわいのだろうか。しばらく待ってから私は起き上がり、そっと土間へ向かった。裸足のまま土間へ下りると、クンクンと鼻を鳴らしながら獅子丸が足元に寄ってきた。

私は今夜、湖に入水するんだよ。獅子丸、おとなしく寝ていておくれ。真っ暗な闇の中でそっと頭を撫で、藁の寝床の方へと押し戻した。

頭から筵をかぶってそっと戸を開ける。顔に雨粒と風がどっと襲いかかる。風下へ顔を向けてゆっくりと外へ出た。横殴りに小雨が降る中を、湖へ向かって一人で歩く。筵が風にあおられて歩きにくいので、体に巻き付けて手で押さえながら、小走りに湖を目指した。しばらくすると、四方八方から顔や体にあたる雨脚が、ますます強くなってきた。うろ覚えの一本道を行くうちにようやく人家が途切れ、真っ暗な砂浜に着いた。引き上げられている漁船の間を手探りで水辺に向かった。

対岸は遠く暗くて何も見えない。漁船の陰にうずくまりじっと眼を凝らすと、眼が闇に慣れてきたせいか、風と雨が起こす激しい波で、水面がちらちらと不気味に白く光っているのが見え始めた。じっとしていると雨に濡れた寒さと恐怖のせいか、身体がぶるぶると小刻みに震えてくる。

いつまでもこうしているわけにはいかない。意を決し何度か深呼吸をしてから筵を捨てた。波の引いた隙に漁船の陰から走り出て、波打ち際に近付いた。ここまで来ると沖から吹いてくる強い風のせいで、顔に当たる雨粒が痛い。まるで石つぶてを投げつけられているようだ。

思い切って水中に一歩足を踏み出した瞬間、ドドーンと大きな音がして激しい風と共に大波が打ち寄せた。頭から水をかぶった私は引いていく波に両脚をさらわれそうになり、思わず二、三歩後ろへ下がった。

怖い！　そう思うと、全身が凍りついたように動けなくなった。どこからか、さあ今だ、早く、とせかす声が頭の中に響く。だがどうしても足が前へ進まない。次に来た大波に突き飛ばされて腰から水中へくずれ落ちそうになり、思わず砂に両手両膝をついた。目や鼻や口に水が流れ込み、苦しい。

その時真っ暗闇の中に青く稲妻が光った。「ウー、ワンワンワンワン」と犬の吠える声が響く。周りが一瞬明るくなり、少し離れた水際に人影が見えた。ざんばら髪の背の高い人影が、大声で何か叫びながら走り寄ってきた。シゲの声だ。助かった！

そう思った瞬間に眼の前が暗くなり、自分の身体が頭からゆっくりと水の中に崩れ落ちる。と、シゲが逞しい腕で私を抱き上げてくれるのを感じた。後は何も覚えていない。

ふと気が付いて眼を開けると、いつの間にか家に運び込まれていたようだ。爺やが湯を沸かしていて、婆やが私の着物を替えながら、身体をごしごしとこすってくれている。熱い白湯を飲むと、ようやく少し人心地がついてきた。と同時に、涙が溢れてきた。

お母様は私が息を吹き返したのを見て、背筋を伸ばしながらふーっと大きなため息をつかれた。

すぐに婆やが私を奥の間に連れていって寝かせてくれた。家の外では強い風と雨の音が変わらず響いている。お母様は私の髪を撫でながら、うわごとのように囁いておられた。

「私はあなたに幸せになってほしいだけ、それだけなのに、あなたは何故分かってくれないのですか。なぜあなたは、……」

私はお母様の身体にもたれ、ぼんやりと天井の暗闇を見つめていたが、お母様の囁く声を聞いているうちに、いつの間にか再びぐっすりと眠り込んでしまったらしい。

夜が明けると風も雨もすっかり収まって、明るい朝の光が家の中まで差し込んでいた。午前中はまだぼんやりと横になっていたが、昼前にはようやく起きることができた。

お母様は青い顔をしておられる。朝早くから起きておられたようだ。食事の前に私を奥の部屋に呼ばれた。

私が黙ってお母様の前に座ると、静かな声で訊ねられた。

「聡子、あなたは私を一人残して、本気であの世へいくつもりだったのですか」

真剣な眼差しでひたと見つめられる。思わず俯いて、昨夜の自分の気持ちを振り返ってみた。

波にさらわれそうになった時、私は慌てて後ろへ逃げようとした。シゲが私の方へ駆け寄ってきた瞬間、助かった！と思った。あの時の気持ちははっきりと覚えている。今でも勿論雅子様の所へ行くのは嫌だけど、そうかと言ってあの時、本気であの世へいくつもりはなかったのだろう。そう思うと恥ずかしくて、俯いていても両眼から溢れてくる涙が頬を伝う。

お母様は優しく私の手を取って続けられた。

「本気ではなかったのね。本気なら、もう一度あなたに話をしなくてはと思っていたのです。良かった。もう泣かなくていいのですよ。あのシゲとかいう若者が、命を助けてくれたのです。今朝も早くから来て、ずっと表の部屋の縁側の辺りで、聡子のことを心配しているようですよ。行ってお礼を言わなければね」

急いで行ってみるとシゲが縁側に腰をかけて、足下にいる獅子丸の頭を撫でている。傍には爺やもいて、シゲと深刻な表情で何かを話しているようだった。

私がお母様に言われた通りに礼を言うと、シゲはゆっくりと首を振りながら口を開いた。

「礼なんか言わなくていいよ。助かって本当に良かった。もう大丈夫なのか。いや、あの嵐だったから、船が心配になって浜へ行ったんだ。そしたらこいつの吠える声がするから、おかしいと思ってな。急いで行ってみたらあんたが倒れて溺れる寸前だった。本当に偶然だったが、間に合って良かったよ。あんな嵐の夜に何をしに行ったのか知らないが、あんたみたいなお嬢様が夜中に一人で行く所じゃないよ」

爺やがシゲの顔に強い視線を向けて、顎をしゃくった。シゲは唇を噛んで爺やの顔を見ていたが、厳しい表情で私に向き直った。

「今爺やさんに聞いていたんだが、都へ行くのが嫌で死のうとしたんだって。何でだよ。あんたには将来を心配してくれる母親がいて、都には立派な父親もいて、都へ行ったら面倒を見てくれるって言うんだろう。何が不満で自殺なんかしなきゃならないんだ。俺にはさっぱり分からないよ。俺は前から父親を探しに都へ行きたいと思ってる。だけど、金もないし、知った人もいないから、行っても下手をしたら野垂れ死にだ」

聞きながら思わず俯いてしまった。小さな声で「ごめんなさい」と呟くと、シゲは少し慌てたように、声の調子を変えた。

「それでもな、あんたが一人で都へ行くと聞いて、俺も思い切って行こうという勇気が出たんだ。昔母に宛てて父親が書いたという手紙があるし、大徳様にもお願いして、俺が生まれたいきさつを手紙に書いてもらうつもりだ。父親っていうのがどんな奴か分からないけど、やっぱり一度でもいいから会ってみたい。だから俺も必死で働いて金を貯めて、そのうち必ず都へ行くよ。あんたはお嬢様だから、都では大きなお屋敷に住むんだろう。会えるかどうか分からないけど、なあに同じ都の空の下に住んでいると思えば、それだけでも元気がでると思うよ」

あの時死ななくて良かった、心の底からそう思う。私はシゲの眼を見つめながら、しっかりと頷いた。

どうやら私の代わりに獅子丸が風邪を引いたらしい。クシュン、クシュンと鼻水を垂らしている。獅子丸はまるで別れが分かっているかのように、ずっと私の足下から離れようとしない。抱き上げると、私を励ますようにぺろぺろと顔を舐めてくれる。

この仔は生まれてからまだ半年も経たないのに、母犬から離されて、それでもここでけなげに生きている。嵐の夜中に湖まで私を追いかけてきて、吠えて私を助けてくれた。思わず力一杯抱きしめて、獅子丸の額に頰をこすりつけた。皆と別れるのは悲しいけれど、お前を見習って我慢しなければね、心の中でそう言いながら、そっと獅子丸を地面に下ろした。

とうとう十六日になった。覚真様は申の刻（午後四時）ごろに、京から到着された。雅子様から預かってこられたたくさんの反物や珍しい食べ物を、気前よく周囲の人々に配っておられた。

「聡子様の脚を考えると、明日は遅くとも辰の刻（午前八時）には出立しなければなりますまい。今宵はなるべく早くお休み下され」

覚真様にそう言われた私は、夕食を早めに済ませるとすぐに衾にくるまった。だが昼近くまで寝ていたせいか、なかなか寝付かれない。それでもじっとしていると、時々頭の中にシゲの顔が浮かんでくる。シゲは父親に会えるだろうか。そうして私は都でもシゲに会えるだろうか。ぼんやりと考えていると、あの日にシゲが言った言葉が頭に蘇ってきた。

「同じ都の空の下に生きていると思えば、それだけでも元気がでる」

その通りだと思う。だからシゲよ、一日も早く都に来ておくれ。呪文のように唱えていると、いつの間にか眠ってしまった。

昼過ぎには婆やとお母様が、二人がかりで私の髪をくしけずり、足首の辺りで裾を切りそろえて下さった。婆やは私の周りをぐるぐると回りながら、悲鳴のような声でお母様に何度も言っている。

「ああ、依子様、そんなに左右をきっちり揃えなくても。もう少しで髪が地面に着くというのに、そんなに切ったら惜しいですよ」

いよいよ十七日、出発の日の朝、お母様は緊張からだろう、青白く透き通るようなお顔で、昨夜から何度も繰り返された言葉を又口にされる。

「いいですか、聡子。私はこれからはあなたの将来の幸せを願って、ここ大津で毎日仏様にお祈りをするつもりです。都へ戻られても、私がここであなたのために祈っていることを決して忘れないでおくれ。雅子様はとても賢い方だそうですから、何も知らないあなたには厳しく教えようとされるかもしれない。でもそれは全てあなたのためになることなのです。そこをよく弁えて、何があってもここへ戻ろうなどと思ってはいけませんよ」

私は涙をこらえながらお母様のお顔を見つめ、小さい声で「はい」と答えた。お母様は満足そうな表情で、口元に微かな微笑みを浮かべられた。

見送りに出てきて下さった覚正様も、私の頭を撫でながらお母様におっしゃる。

「心配はいりませんよ。聡子殿は利発で優しい。本当にいいお子じゃ。あちらの皆様もきっとかわいがって下さいます」

覚真様の方は、先程から泣き通しの婆やを振り返って、渋い顔をされる。

「別れに涙は縁起が悪いと申しますよ。聡子様を励ますことこそがあなたのお役目でしょうに」

婆やはそれを聞くと、一生懸命に泣くのを止めようと歯を食いしばっている。だが後から後から涙が溢れて止まらない。爺やが後ろからそっと婆やに近付き、背中を撫でながら何事か囁いた。婆やはその顔を見上げてうんうんと頷き、弱々しい笑みを浮かべた。

私の眼にはそんな二人の様子がとても幸せそうで、なんだか眩しく感じられた。

ふと視線を感じて振り返ると、お母様が両の眼に一杯涙を浮かべて、入り口の門の陰からじっと私を見つめておられる。

お母様に向かって深く頭を下げ、覚真様と二人で覚正様のお寺の前からいよいよ出発した。すると獅子丸が当然という様子で、私の足下を付いてくる。

「駄目よ、獅子丸。お前はお母様をお守りするのよ」

そう言って家の方へ押しやったけれど、全く言うことを聞かない。この調子では、どこまでも付いてくるつもりらしい。もう一度家へ帰らなければならないかしら、と思った時、ヒューッと口笛が響いた。すると獅子丸が飛び上がるようにして向きを変え、走って戻っていく。振り返ってみるとお寺の門の横に伯父様とシゲが立っていた。

私はシゲに向かって大きく手を振った。するともう一度ヒューッと、今度はもっと大きな音で口笛が鳴った。

了

参考文献

木村正中・伊牟田経久校注　新編日本古典文学全集
『土佐日記 蜻蛉日記』小学館、１９９５年
柿本奨『蜻蛉日記全注釈』角川書店、１９６６年
上村悦子『蜻蛉日記の研究』明治書院、１９７２年

引用歌　『古今和歌六帖』より

見えない壁

貿易課の部屋の壁には、骨董品のような大きな古時計が掛かっている。その針が十二時を指したとたん、向かいの席の倉町君が顎を突き出して声をかけてきた。

「酒井さん、ちょっといいかな」

私が頷くと彼は昼休みを待っていたらしく、さっと立ち上がって先に部屋から出ていった。慌てて追いかけると、廊下の突き当たりまで行って振り返った。見ると日焼けした顔の口元が緩んでいる。私が傍へ行くと、少し口を引き締めて声を潜めた。

「今朝ボーナス貰っただろ。いくらやった？」

「え、いくらって、あなたと同じでしょ」

「いや、人によってだいぶ違うらしいよ。君はいくらやった？」

そう言われても私はまだ、違うはずはないのに、と思っていた。

機械部品を製造しているこの会社の入社試験を受けたのは昨年の夏、一九六六年七月のことだった。私は四年生だったがバスケットボール部は部員の数が少ないため、まだ現役選手並みに夏休み返上で、毎日大学の体育館へ通っていた。友達に誘われて練習の合間に就職課の掲示板を見に行くと、張ってあったのは男子向けの求人情報ばかり。女子向けを探すと掲示板の隅にたった二枚だけ、一枚は日航のスチュワーデス募集用、もう一枚がこの会社のちらしだった。

四年制大学卒の女子にとって一般企業への就職が難しいということは、世間ではよく知られていたのだろう。そのためか私が通っていた大学の英語英文学専攻の女子学生は、ほとんど全員が中学か高校の英語教師志望だった。ところが私はそんな世間の常識を知らなかった上に、英語教師という仕事にあまり魅力を感じていなかった。同じレベルの英語を、繰り返し繰り返し教え続ける仕事を、なぜ何十年も飽きずに続けられるのだろう、などと今思えば生意気な事を考えていた。そんなわけでクラスの女子十三人の中で一人、私だけが教職課程を取っていなかった。

自分の容姿を考えると、いや考えるまでもなく、スチュワーデスの試験に受かる自信はなかった。だから私は必然的に、この会社の入社試験を受けるしかなかった。

募集要項を見て初めて名前を知った会社だったが、ちらしには「弊社では大学卒の男女の待遇に差はありません」と、傍線を付して明記してあった。そのこともこの会社の入社試験を受ける気になった一因だった。戦前に商業専門学校を出て、家で写真館を経営している父は、母からそのことを聞くと驚いた表情でこう言ったそうだ。

「へー、日本も変わってきたもんだな。知り合いの娘さんは親戚のコネで商社を受けたんだが、女子の大学卒は採らない、高卒の扱いでいいならと言われて、給料も高卒と同じでね。その上三十歳までに結婚して辞めなかったら、そろそろって肩たたきされるそうだよ」

私は母からその話を聞いて、自分ならそんな会社は受けない、と思った。

実際四月から貰っている給料は倉町君と同額だったし、曲がりなりにも海外からくる手紙を日本語に訳したり、時々外国から日本に来る客を京都へ案内するなど、むしろ倉町君よりも自分の方が、会社の役に立っていると感じていた。それに元々同期の新人で同じ貿易課に配属されているのだから、最初のボーナスの額も同じか、違ってもたいした差ではないはずだと信じていた。だから私は何の迷いもなく、今朝課長から受け取ったボーナス袋に書かれていた数字を彼に告げた。するとそれを聞くなり、彼はますます赤くなった顔をくしゃくしゃに崩し、嬉しそうに叫びながら飛び上がった。

「やった！　先輩が言うてた通りや」

「え、先輩になんて言われたの？」

倉町君は一瞬慌てたように目を泳がせた。だがやはり嬉しさを抑えきれないらしく、私の顔を見ながら又すぐに笑顔に戻った。

「昨夜先輩と飲んでた時に、ボーナスは酒井さんよりお前の方がずっと多いはずやって言われたんや。そやからそれが本当かどうか確かめたかってん」

「ふーん」

私はまだ彼の言葉が信じられず、唇を尖らせて首をひねっていた。

この会社では元ラガーマンだという営業部長の方針だそうで、貿易課員は全員運動部の出身だった。社内の人から、「君、大学はどこや」と訊かれるたびに私は、「はい、K大バスケ部です」と答えることにしていた。「大学ではバスケットボールに明け暮れて、勉強はしていません」と白状しているつもりだった。

倉町君も京都の私大の附属中学からエスカレーター式に大学を出ている上に、中学から大学までずっとサッカー部だったと聞いている。当然学力も私と似たり寄ったりのはずだ。だがあの勝ち誇った様子からすると、ボーナスの額に相当大きな差があるのは事実らしい。

一緒に入社した年の暮れに初めて貰ったボーナスに、一体なぜそんなに大きな差をつけられたのか、私には理由が分からなかった。誰かに尋ねようかと思ったが、この会社が女子の大学卒を採用したのは私が初めてなので、社内には同じ立場の女性の先輩はいない。

昼休みが終わると、課長と係長を含めて十人いる男性の貿易課員達は、全員外へ出かけてしまった。部屋の中はがらんとして、入り口に近い席で事務員の米田さんが弾くそろばんの音だけが、かすかに響いている。五時になると米田さんは手早く帳簿を片付け、照れくさそうな表情を浮かべて私の席にやってきた。

「ねえ、今日は今からデートの約束なんよ。もう帰ってもいいかなぁ」

「わあ、そうなの。勿論いいわよ。課長に訊かれたら私から言っとくわ」

米田さんはぱっと笑顔になって「有り難う」と言い、バッグを肩にかけヒールの音を響かせながら、さっさと階段を下りていった。

五時半になっても貿易課の男達は誰も帰ってこない。私もそろそろ帰り支度をしておこう、と机の上を片付け始めた。丁度その時、課長が悠然と階段を上ってくるのが見えた。

米田さんに聞いたところによると課長は四十歳、太く濃い眉毛の下に大きな目、色黒のずんぐり体型で、時々妙なカタカナ英語混じりのダジャレをとばす。ただしダジャレは限定一つだけで、噂では貿易課の課長なのに、実は英語が全然喋れないらしい。若い男性達は陰でこの人のことを、部長の腰巾着と呼んでいる。

部屋に入ってきた課長に、「お帰りなさい」と声をかけた。今日は課長もボーナスのせいか、朝から特に機嫌が良い。お茶を出して少し待ってから思い切って尋ねた。

「すみません、課長。お聞きしたいことがあるんですけど、今よろしいでしょうか」

「ああいいよ。それじゃ、あっちで聞こうか」

課長は右手を挙げて、廊下を隔てた応接室を指した。

淹れ直したお茶を応接室に運び、白いカバーを掛けた赤いビロード地の椅子に向かい合って座った。課長は首を傾げていかにものどかな表情で待っている。私は背筋を伸ばし、課長の眼をまっすぐに見ながら口を開いた。

「あのう、倉町さんと私とでは、ボーナスの額にだいぶ差があると聞きましたが、どうしてなのか、理由を教えて頂きたいんです」

課長は丸い眼をますます大きく開き、慌てた様子で眼をパチパチさせた。

「倉町が、あなたにそんなことを言ったのか。しょうのない奴だな」

呟きながら眼を逸らし、窓の外へ伏し目がちの視線を投げた。十二月の午後六時の空は既に暗闇に包まれ、御堂筋の両側に立ち並ぶビルには、灯りが点々と煌めいている。

しばらく待っていたが、課長は渋い顔で眼を逸らしたまま口を開かない。仕方なくもう一度同じことを尋ねると、ゆっくりと座り直して私の顔に視線を戻した。

「うーん、それはねえ、実はウチではボーナスや昇給の額を決める際には、一人一人を五段階に分けてランクをつけるんだがね、貿易課の男子には全員、最低でも三以上のランクをつけることになってるんだ。そしてそれとは別に規則として、女子には全員一律に最低ランクを付けることに決まっているのよ。だからね、あなたは女性だから、自動的に最低のランクしかつかないんだ。そういう訳で、これから先はボーナスも昇給も自動的に、倉町とは年々差が開いていくことになる」

余りにも思いがけない話に頭が混乱してしまった。だが次第に状況が呑み込めてきた。これはまさに男女差別そのものではないか。けれども課長の方は、ごく当然のルールを説明しているのだ、と言わんばかりの態度で淡々と話している。私は口一杯に溜まった唾を飲み込み、平静を装いながらできるだけ丁寧に言ってみた。

「求人用の資料には、この会社は大卒の男女間の待遇に差はない、と明記されていましたけど」

課長は再び慌てた表情で固まり、私の顔から目を逸らした。

「いや君、それはねぇ、……ウチの今の社長は東大出の銀行育ちでねぇ、理想主義者なんだよ。おまけに社長の奥様は東京女子大出身の才媛でね。社長は奥様に頭が上がらないのよ。去年社長が突然、今年から大卒の女子を採用して男子と同等に扱え、なんて言いだしたんだ。だけど査定で女子に最低ランクを付けることは、あの社長がウチへ来る以前から、元々ウチの規則として決まっていることなんだよ。勿論そのことはどこにも書いてないから、社長は知らない。だけど大体だねぇ、大学出の女の子なんて、年齢を考えればどうせすぐ結婚して辞めるに決まってる。だから男子と同じように仕事を教えたって無駄になるだけだ。しかしまあそうかと言って、結婚しないでいつまでも居座られたら、それはそれで困るんだけどね」

初めから終わりまで私の顔から眼を逸らしたまま、早口でまくし立てる。私には課長の言葉は、三年前に銀行から送り込まれた現社長に対する、重役達の抵抗のように思えた。

「では、私はこれから先、男の人と同じ仕事はさせてもらえないということですか」

暗澹とした気持ちを抑えながら尋ねると、課長は今まで一度も見せたことのない、意地の悪い表情を浮かべて私の方へ視線を戻し、きっぱりとした口調で言った。

「あなたが今すぐに一人前の仕事ができるんなら、やってもらいますよ。しかし実際のところ、二、三年は先輩について見習いをしなくちゃ役に立たんのよ。ところがあなたもあと二年経てば二十五歳だ。どうせ一人前になるかならないうちに、結婚退職ってことになるだろう。だからね、男子と同じように扱う訳にはいかんのだよ」

さあ、もう分かっただろう、と言わんばかりの表情で立ち上がろうとする課長に、私はもう一度声を励まして尋ねた。

「じゃあ私はこれからここで、何をするんですか」

課長はもう一度目を見張り、チラリと私の表情を窺った。それから今度は突然頬を緩め、わざとらしく宥めるような声と笑顔を作って続けた。

「うん、まあ、それなんだけどねぇ、……実は米田さんが来年の四月に結婚することが決まってね、二月末で退職するんだ。だからあなたには、今まで米田さんがやっていた伝票整理の仕事を引き継いでもらおうと思ってる。四月になったらあなたの大学の後輩の女性が入社してくるから、その人と一緒にやってもらうことになるがね。まあ二人でやるほどの仕事じゃないんだけど……とにかく、米田さんはあなたと同じ年齢なんだよ。あなたも一日も早く相手を見つけて、結婚する方がいいよ。いいかい、結婚して家庭に入って子供を育てることが、女性にとっては一番の幸せなんだからね」

私は黙って立ち上がり、課長とは目を合わせずに、丁寧に頭を下げて部屋を出た。課長の話からすれば、この会社では女性を男性と同じように育てて仕事をさせる気も、それを評価する気も、全くないということらしい。誰にでもすぐにできる雑務をさせておいて、来春後輩の女性が入ってきたら、すぐにでも結婚退職してほしいと、勝手に期待をしているようだ。

私は結婚するのが嫌だと思ったことはないが、課長が言うように家庭に入って子供を育てること、それが自分にとって一番の幸せだとは思えない。男性と同じように、社会の中で自分の力を試してみたいと思っている。しかし女性の場合には、何かすぐに役立つ特別な資格か技能を持っていない限り、そんなことは許されていないのだ。

遅まきながら厳しい現実に気付いた私は、今自分が持っているものは何だろう、と生まれて初めて真剣に考えた。自信があるのは、女子バスケ部の部長として鍛えた体力とやる気だけ。しかしそんなものは何の役にも立たない。女性がやりがいのある仕事をするためには、普通の人が持っていない特殊な技能か資格がないと駄目なのだ。

二週間ばかり鬱々と考え続けて、最終的に思ったのは、大学で専攻した英語を磨くしかない、今の私にはやはりそれしかない、ということだった。これまでは真剣に英語に取り組むことから逃げていた。だが大阪万博が二年半後に迫っている今、英語力をつければ通訳をすることもできるし、その後も英語を使う仕事を続けることができるだろう。

短期集中で英語力をつけるため、すぐに退職したい、と母に事情を話した。母はしばらく黙って考え込んでいたが、顔をあげるとこう言った。

「自分の人生について真剣に考える機会を貰ったって考えれば、それも良かったじゃない。あなたの人生なんだから、よく考えて後悔の無いようにすればいいわ」

父は母から話を聞くと、最初は「けしからん。会社に文句を言ってやろうか」、と息巻いていたそうだが、母から私の考えを聞いた後は、納得してくれたようだ。

そこで年末ぎりぎりになって、「一月末に退職したい」、と課長に申し出た。課長は半ば予想していたのか、それとも居座られなくて良かったとほっとしたのか、真相は分からないが、何も言わずに辞表を受け取ってくれた。

退職するとすぐに、大学時代に通っていた小さな英語学校に戻り、勉強を再開した。

「酒井さん、最近頑張ってるみたいだね。どういう風の吹きまわしだい」

私を十九歳の時から見ている英語学校の校長は、勉強態度の変化にすぐ気付いたようだ。

「実はこないだ会社を辞めたんです。もっと力を付けて、何か実際に英語を使う仕事に就きたいと思って」

「ふーん、そうか。じゃあすぐに再就職しないんなら、事務所で電話番をしてくれないか。僕やスタッフは昼間出歩くことが多いから、留守番をしてくれる人が欲しいんだ。バイト料は出せないけど、臨時の通訳の仕事とかできるだけ回してあげるよ。短期間で英語力をつけるには、英語を使って仕事をするのが一番だ」

校長はにこやかに提案してくれた。彼はあちこちの役所や会社に積極的に営業をかけていて、毎週のようにどこからか、通訳を依頼する電話がかかってくる。

特に内容が難しく、私にはとても歯が立たない仕事だと、生徒の中に数人いる留学経験のある大学生を差し向ける。しかし観光客の通訳ガイドなどは、いい勉強になるからとたいてい私を行かせてくれた。

初めてのガイドの仕事は、アメリカ人の婦人団体を神戸から貸し切りバスで、宝塚歌劇に案内することだった。私は前日にパンフレットを見ながら、宝塚歌劇の歴史と出し物の筋書きを、ざっと英語に翻訳しておいた。当日はバスの中でそれを見ながら説明していると、あっという間に劇場に到着した。

劇場では、人気の高い上月昇や鳳蘭のショーを、隅の席ながら私もたっぷりと楽しませてもらった。帰りのバスの中では客同士が舞台についてのおしゃべりに夢中で、私はほとんど喋る必要もなく、団体客をホテルまで送り届けて、その日の仕事は終了した。

勿論、こんなに楽で美味しい仕事ばかりではなかった。

大阪では珍しく、昼過ぎから雪がちらつき始めた二月下旬のある日、近くのホテルからの依頼で、個人で訪日しているアメリカ人のための通訳の仕事に派遣された。午後四時半にフロントで教えられた客室へ行ってみると、四十歳前後と見えるビヤ樽のように太ったアメリカ人男性と、五十代後半位の目つきの鋭い瘠せた日本人男性が、テーブルを挟んで向かい合って座り、無言で睨み合っていた。一瞬驚いたが、雰囲気の険しさには気付かないふりをして、笑顔で自分の名を名乗った。するとビヤ樽氏も愛想良く自己紹介をしてくれた。だが日本人の方は名乗らず、目を合わせようともしない。彼のためにもう一度日本語で自己紹介をしたが、俯いたまま能面のような無表情で完全に無視する。

私は二人の間に置かれた椅子に座った。するといきなりアメリカ人が顔を真っ赤にして、日本人に向かって大声で文句を言い始めた。興奮した早口で、自分はだまされたと怒鳴っている。日本からの注文に従って荷物を送ったのに、いつまで待っても代金を送ってこない。だから代金を回収するためにわざわざ日本までやって来たのだ、と言う。

彼の英語を逐一日本語に訳したが、日本人の方は相変わらず一言も喋ろうとしない。言い訳もしなければ反論もしない。まるで話している私の声が聞こえないみたいだ。

そのうち私は、アメリカ人が大声で喋っている時に、日本人が時々目を細めたり、ほんのわずかだが、頬に薄ら笑いを浮かべたりすることに気付いた。どうやらこの人は相手の言い分がある程度、あるいは十分に分かっているのに、英語が分からないふりをしているのではないか、と私は心の奥で疑い始めた。どれだけアメリカ人の怒りを伝えても、その時だけ神妙な表情を浮かべて黙って頷くだけなのだ。無視され続けたアメリカ人が、ついに激高し始め、警察を呼ぶの、裁判所に訴えるのと脅し始めた。それでもやはり日本人は知らん顔で、目を逸らしたまま黙っている。

結局なんの進展もなく、そのまま約束の一時間が過ぎた。日本人は腕時計を見て無表情のまま立ち上がると、何も言わずに部屋から出ていってしまった。

私は自分がビヤ樽氏にとって、何の役にも立たなかったことを申し訳ないと感じていた。何か文句を言われたら、謝らなければならないだろうか、とさえ考えていた。ところが彼は私の予想を裏切って、怒りもしなければ残念そうな様子すら見せない。日本人が出ていくとすぐに穏やかな表情に戻った。そして笑みさえ浮かべてごく当然のように、「一緒に夕飯をどう」、と私を誘ってきた。私は訳が分からないまま慌ててその誘いを断り、うっすらと雪の積もった街を通って、急いで学校へ戻った。

校長は私の報告を聞くと、黙って何か考え込んでいたが、一つだけ質問をした。

「中の品物が何だったのか聞いたかい」

そう言えばアメリカ人は送ったものが何だったのか、荷物の中身については一言も言わなかった。正確に通訳をすることにばかり気をとられていた私は、パッケージと言う英語を荷物と訳していただけで全く気付かなかったが、その荷物の中に何が入っていたのかは、全く知らされなかった。今思えば中身は麻薬とか銃弾とか、何か危ない商品だったから、警察や裁判所に訴えられる心配はないと、あの日本人は高を括っていたのかもしれない。

私は英語を日本語に置き換えることだけに必死で、危ない商品かもしれないと考える余裕すら無かった。だから知らぬが仏で、無事に仕事が終わったのだろう。そう思い当たると、自分のぼんやりぶりが一気に恥ずかしくなった。

校長は何も言わず、険しい表情で何か考えているように見えた。


三月も下旬に入り、少しずつ膨らんでくる桜のつぼみが気になり始めた頃、朝九時に学校に着くと珍しく校長が先に来ていて、私を待っていた。

「明日の朝十時にアメリカ領事館へ面接に行くから、スーツを着てきて。それと今日のうちに英語の履歴書を準備しておきなさい」

いきなりの言い付けに驚いて、ポカンと校長の顔を見つめていると、やっと気が付いたらしい。

「あ、話してなかったかな。来月の九日から、港区の朝潮橋で大阪国際見本市が開かれるんだが、そこに出展するワシントン州館の館長の秘書役と通訳五人を、うちが紹介することになった。秘書と言っても事務員兼通訳だけど、準備段階から手伝うことになるそうだ。

君のことは以前日本の機械メーカーの貿易課に勤めていた人だと売り込んであってね。もう決まったと思っていたんだが、領事館で一応面接をするから、明日僕と一緒に来てくれと言ってきたんだ」

翌日アメリカ領事館で私の面接に当たったのは、金髪碧眼で白い頬に赤いニキビの目立つ男性書記官だった。前日私が学校の事務所でタイプした履歴書を見ながら、一月に辞めた会社についていくつか質問をした後、校長をその部屋に残して私だけを別室に案内した。

そこは小さな部屋で、書棚に囲まれた机の上に可愛い小型の真っ赤なタイプライターが一台、ぽつんと置いてあった。私はそれを見た瞬間、いきなり何かで頭をピシャリと叩かれたような気がした。

大学四年の七月に就職先が決まるとすぐ、私は週に一度、英文タイプの学校へ通い始めた。ところが私はタイプライターを機械的に打つという訓練に、全く興味が持てなかった。しかも教室が北向きで薄暗かったせいか、八月末ごろには視力が落ち始めた。それを言い訳にして九月にはさぼり始め、十月には全くタイプの練習に行かなくなった。

そんな訳で英文タイプは一応打てるとはいうものの、お世辞にもうまいと言えるレベルではない。まずスピードが遅い。前の会社にいた時には、毎朝三、四通の封筒の宛名を打つ程度だったので、タイプが下手なことを全く気にしていなかった。

書記官氏はタイプライターの真向かいに立ち、私がガチガチに緊張しながら与えられた書類を打つのを、じっと見つめている。終わると案の定眉間に皺を寄せ、黙ったまま校長の待つ応接室へと去っていった。私は一人で部屋に取り残され、自分の頭をかきむしりたい位、自分に腹を立てていた。英語で事務仕事をするには絶対にタイプが必要なのに、どうしてもっと早く気付かなかったんだろう。

五分も経たないうちに校長と書記官氏が、二人一緒に部屋に戻ってきた。ところが書記官氏の方はなぜか赤くなっていて、私の顔をチラチラと見る。不審に思って見返すと、慌てたような表情で横を向き、校長と別れの握手などしている。

「決まったよ。四月一日からロイヤルホテルへ行ってほしいそうだ」

廊下へ出るとすぐに校長がそう言った。えっと驚いて顔を見上げると、笑いながら私の肩をポンポンと叩いた。

「あんな時にしょんぼりしちゃ駄目だよ。自分は何でもできるって顔をしてなきゃ。あいつに言ってやったんだ。君みたいなハンサムが目の前に立ってじっと見てたら、女の子は誰だってボーッとなって、落ち着いてタイプなんか打てないよってネ。そしたらやっこさん喜んでね、即決まったよ。明日からウチの事務所でタイプの練習をしておきなさい」

私はその時、校長が次々と仕事を取ってくる秘訣が、分かったような気がした。

四月一日の朝、再び一張羅の淡いブルーのスーツを身に着けて家を出た。言われていた通り九時十分前に、ロイヤルホテル五階にあるスイートの部屋のドアをノックする。すらりとした背の高い白人女性がドアを開け、中へ招じ入れてくれた。長く伸ばした赤い髪を高く結いあげ、鼈甲色の縁がついた眼鏡をかけている。ベージュ色のスーツに眼鏡とお揃いの色のネックレスをつけ、茶色のパンプスを履いていた。年齢はよく分からないが、アメリカ人としてはかなり地味な服装だ。

私が自己紹介をすると頷いて、早口の低い声で自分をミス・オハラと呼ぶようにと言った。顎の尖った口元は微笑むように口角を上げているが、薄い茶色の眼は冷たく光り、私を頭のてっぺんから足の先まで、舐めるように観察している。

入ったところは十畳位の部屋で、中庭に面した窓の前に机が二つ並んでいて、手前の低い机の上には灰色のいかつい電動のタイプライターが載せてある。反対側の隅には茶色のソファとコーヒー・テーブルが置かれていた。

その部屋にはもう一つ奥に続くドアがあり、そこからスーツを着た男性が二人現れた。一人は四十歳前後、もう一人はまだ二十代のように見える。ミス・オハラは館長のミスター・カークと、ミスター・アーノルドだと紹介した。三人共ワシントン州の貿易局に勤めているそうだ。ミスター・カークは穏やかな表情で、くわえていた黒い木製のパイプを左手に取り、「初めまして。どうぞよろしく」と言いながら右手を差し出した。髪の毛と同じもじゃもじゃの茶色い細い毛が、手の甲までびっしりと生えている。毛むくじゃらの手がちょっと気持ち悪い気がしたが、握ると柔らかくて温かい手だった。

若いミスター・アーノルドは大柄で、「ハーイ」と言ってから深くお辞儀をし、次に「コンニチワ」と言いながら得意そうに笑った。薄い緑色の眼と長い脚が印象的だ。

挨拶が終わるとミス・オハラは、机の上に載っている電動タイプライターの前へ、私を連れていった。タイプライターの横に茶色い箱があり、その中には分厚い封筒の束が四つ入っている。箱の傍にはＡ４の紙が十枚ほど置いてあった。一枚は大阪国際見本市への招待状のコピーで、残りはそれを送る相手先の宛名リストだ。宛名には番号がふってあり、全部で二百五十余りある。

ミス・オハラはにこりともせず、電動タイプライターの使い方を説明した。私が早速白い封筒を一枚ずつ挟んで宛名をタイプし始めると、傍に立ったままいかにも心配そうにじっと見ている。私はタイプが下手だと、領事館から報告が来ているのだろうか。

電動タイプライターを使うのは初めてなので、余計に緊張する。しかしタイプの学校や会社で使っていた手動式に比べればキーが軽いので、慣れるにつれて楽に速く打てるようになった。送り先は海外向けもあれば日本国内の住所もある。名前のアルファベット順に並べてあり、宛先の住所はばらばらだ。封筒一枚を打ち終わるたびに、紙に書かれたリストに横線を引いて、終わった番号を消していく。うっかりして消すのを忘れると、同じ宛名をもう一度打ちそうになった。

手元にミス・オハラの厳しい視線が突き刺さる。キーを打つスピードの遅さに呆れているのだろうか。そう思うと身がすくんだ。だが遅い上にミスが多いと思われたくない一心で、宛名の綴りに集中して仕事を続けた。

そのうちふと静けさに気付いて辺りを見回すと、いつの間にか音もたてずにミス・オハラが消えていた。部屋の中は私一人だと気付いたとたんに、ふうっと大きな溜息が出た。

正午になると隣室との境のドアが開き、三人が一緒に現れた。ミス・オハラがまっすぐに私の傍に来て、にこりともせずに言った。

「一時までは昼休みだから、合い鍵を預けておくわ。食事の後はこの部屋で休んでいてもいいわよ」

言い終わると二人の男性と楽しそうに談笑しながら、廊下へ出ていった。

私は彼ら三人とは少し時間をずらし、エレベーターに乗って一階へ下りた。コーヒーショップに入り、サンドイッチとホットコーヒーを注文する。話し相手もいないので、二十分も経たないうちに食べ終わってしまった。一人でコーヒーショップにいても仕方がないので、すぐに五階の部屋へ戻った。

彼らはまだ帰っていないらしく、隣室には人の気配がない。一時にはまだかなり間があったが、少しでも早くタイプ仕事を終わらせたい。そう思った私はすぐにタイプライターの置いてあるデスクに向かい、宛名の続きを打ち始めた。

しばらくするとドアが開く音がして、三人が部屋に戻ってきた。顔をあげて「ハーイ」と笑顔を向けると、ミス・オハラが眉を吊り上げ、目を丸くして言う。

「昼休み中は仕事をしなくていいのよ」

少しでも早く仕上げたい、と言うと、呆れたように首を左右に振り肩をすくめた。

翌日もきっかり十二時に、三人が隣室から出てきた。相変わらず必死でタイプを打っている私の所へ、ミス・オハラが眼鏡をかけたまま近寄ってきた。さりげなく私が打っている番号を覗きこみ、眼鏡をはずしながら私の肩に右手を置いて言った。

「昼休みはゆっくりランチを楽しみなさい」

だが私は少しでもリストの先へ進めようと、その日もやはり十二時半には部屋に戻り、一人で黙々と宛名を打っていた。

午後一時に部屋に戻ってくると、ミス・オハラは眼鏡をかけた。傍に寄ってくるなり、チラリと私の手元に視線を走らせ、指でリストを押さえてから黙って隣室へ消えた。

その時私の頭に、ミス・オハラの取った行動の意味がひらめいた。彼女は部屋を出る前に、私が宛名のリストの何番目を打っているのか、その番号を見ておいて、一時に帰ってきた時には、どこまで進んでいるかを確認したのだ。つまり、私の行動がポーズだけなのか、それとも本当に昼休みを犠牲にしてタイプ仕事を早く終わらせようとしているのかを、確かめていたのだ。簡単には他人を信用しない人なのだろう。私は彼女の想像力のたくましさに驚き、同時におかしくなった。

ミス・オハラは何も言わなかったけれど、どうやらそのことで私は、彼らの信頼と親近感を得たようだ。その日の午後に三人が奥の部屋で休憩を取る時、一緒にコーヒーを飲もうと声をかけてくれた。その分、お湯を沸かして四人分のコーヒーを淹れる、という仕事が増えたのだけれど。

二十五歳だというミスター・アーノルドは、自分のことをジェイスンと呼んでくれ、と英語で言った。彼は兵役で海軍にいた時に、二年間沖縄に駐在していたそうだ。

「ジェイスンは日本語がよくできるから、通訳として頼りにしているのよ」

ミス・オハラの言葉に頷いていると、いきなりジェイスンが日本語で叫んだ。

「モモコ、ほらお水が沸騰してるわよ」

身長が百九十センチ近い彼が大声でそう言うのを聞いた時、私は驚いて思わずまじまじと彼の顔を見つめてしまった。

ジェイスンは自分の日本語が通じていないと思ったのか、急いで駆け寄って自分で電熱器のスイッチを切り、その後私に向かって少し不満そうな表情を見せた。

お湯ではなく、お水が沸騰しているという表現は、日本語として少し変だと思うが、そんなことよりも男性の公務員が公の場で女性言葉で話したら、もっとおかしいだろう。彼は本当に仕事で通訳をするのだろうか、と心配になってきた。

英語では女性と男性の言葉遣いにほとんど違いがない。おそらく彼は、日本語では男女の言葉遣いに、かなりはっきりした違いがあることに気付いていない。沖縄で親しくなった女性の話し方をまねして覚えたのだろうか。それにしても二年も沖縄にいたというのに、誰も注意をしてくれなかったのか。

コーヒーを飲んでいる間にもジェイスンは時々、「ねえ、今夜はすき焼きを食べたいわ。モモコ、良いお店を知ってたら教えて頂戴」とか、「あらそうだわ」などと言って、私を当惑させた。

三日は何かの手続きがあるからと、男性二人は朝から大阪市庁舎へ出かけていった。私が昼食を済ませて部屋へ戻ると、ミス・オハラが一人でソファに座っていた。

「モモコ、あなたに訊いておいてくれとジェイスンに頼まれたことがあるの。ジェイスンは自分が日本語をしゃべると、時々モモコが困ったような顔をするって言うんだけど、彼の日本語のどこが分かりにくいの」

何と答えればいいのだろう。黙って知らん顔をしている方が親切なのだろうか。しかし本人が何かおかしいと気付いているのなら、本当のことを言ってあげた方がいいだろう。そう思った私は率直に、彼の日本語が女性言葉に聞こえることを話した。

ミス・オハラはそれを聞くなりぷっと吹き出し、両手で顔を覆いお腹をよじって大声で笑いだした。笑いながら下を向くと、俯いたまま顔を横に振り続ける。そしてそのまま何も言わなかった。私は彼女の反応に、何とも言えない不穏なものを感じた。

翌朝恐る恐るジェイスンの顔を見ると、彼は私と目を合わさず知らん顔をしている。だが前日までと比べると、明らかに表情が硬く態度がよそよそしい。そして私の前では決して日本語を話さなくなった。

私は唇を噛んだ。私の英語だって、語彙は貧弱だし文法も不正確だ。当然ジェイスンは下手な英語だと思っているだろう。それが分かっているのに、なぜあんなことを言ってしまったのか。機会があれば謝りたい。だが見本市の開会が迫ってくるにつれ、二人はますます忙しくなってきたらしく、昼前には又どこかへ行ってしまった。

五日の朝、私はやっと全ての宛名を打ち終わり、ミスター・カークがサインをした招待状のコピーを一枚ずつ封筒に入れた。続いて全ての封書を国別に分けて揃え、郵便局に持っていって発送した。

ホテルの部屋へ帰ると、ミス・オハラが私を待ち構えていた。

「午後はデパートへ買い物に行ってきてほしい。日本人の女性スタッフ六人用に、お揃いの制服として紺色のブレザーが六枚必要なの。下は黒か紺のタイトスカートを穿いて、ブレザーの下には白いブラウスを着てほしいけど、そういうものは誰でも持っているでしょう。だから自前のものを使ってもらうわ。ブレザー六枚の代金と交通費として五万円用意したから、これで紺のブレザーを六枚買ってきて下さい」

五万円でブレザーを六枚も買えるだろうか。ちょっと苦しいかな、と思ったけれど、とにかく行ってみるしかない。

家から一番近いデパートが高島屋で、他のデパートへはあまり行ったことがなかったから、すぐに地下鉄で難波へ向かった。ところが高島屋の婦人服売り場を端から端まで何度見て回っても、婦人用のウールのブレザーを一万円以下で買える売り場は見つからない。一番安いものでも一着一万二千円、六枚買うと七万二千円もかかってしまう。心斎橋まで戻ってそごうか大丸を覗こうかとも思ったが、おそらくデパートならどこでも同じようなものだろう。いったいどこへ行けば婦人用のブレザーを、一着八千円以下で買えるのだろう。

私はまるで知らない街で迷子になった子供みたいに、途方に暮れて婦人服売り場の隅に立ちつくしていた。

そうやってぼんやりと目の前を流れていく人波を眺めていると、母親に連れられた六歳くらいの女の子が紺色のブレザーに赤いスカートをはいて、私の眼の前を通り過ぎた。ブレザーに眼を惹きつけられて女の子を見送っているうちに、はっと気が付いた。

紺色のブレザーは中学生も着る。中学三年生用ならば、婦人物のMサイズとほとんど変わらないはずだ。子供服売り場なら値段は安いのではないだろうか。私は胸をドキドキさせながら急いで子供服売り場へと走った。

あった。金属製の長いラックに、紺とグレーのフラノ地のブレザーがずらりと掛かっている。十四歳用は一着七千円だ。身長百五十九センチの私が着てみると、サイズはぴったりだ。急いで紺色の六枚を二つの大きな袋に入れてもらって、ホテルの部屋へお釣りと共に持ち帰った。

ミス・オハラは私の話を聞くと、手を叩いて喜んだ。私自身もこのお使いで、少しは下手なタイプの名誉挽回ができただろうかと、ホッとしていた。だが同じ部屋にいたジェイスンが頬笑みながらも、一言も喋らないことが何とも辛い。私のお節介に余程傷ついているのだろう。どう言って謝ればいいのか、考えれば考えるほど自分のしたことが、取り返しのつかない失敗に思えてならなかった。

第八回大阪国際見本市の開会式は一九六八年四月九日の朝十時から、広い中央広場の真ん中に設けられた特設会場で開かれた。ワシントン州館の開館準備で忙しかった私達は、開会式を見に行くことはできなかったが、翌日の新聞には写真入りでその様子が載っていた。佐藤大阪府知事、中馬大阪市長、椎名通商産業大臣、三木外務大臣等お歴々が祝辞を述べ、続いてテープカット、くす玉開放、という華やかな式典だったらしい。

ワシントン州館の開館式も華やかで、広いパビリオンの入り口正面に四人がけの食卓のようなテーブルを据え、その上に両腕でも抱えきれないほど立派な花束が活けてあった。

館長のミスター・カークとアメリカ総領事による紅白のテープカットが終わると、大勢の招待客がどっと建物の中に入ってきた。

五人の通訳の女性達と私は、お揃いの紺色ブレザーの胸元に緑色のワシントン州のワッペンをつけ、白いブレザーに白いハイヒール姿のミス・オハラと一緒に、入り口で招待客を出迎えた。

招待客の中にはアメリカ領事館で私の面接をした、若い書記官氏もいる。彼は真っ赤なドレスを着た金髪の白人女性をエスコートし、得意満面の表情でさっそうと入ってきた。ほんの一瞬チラリと目が合ったけれど、私の顔なんかもう覚えていないようだ。

館内は様々な会社のブースに分かれている。別荘用の杉の丸太小屋、紙パルプ、ワインなど、自然の豊かなワシントン州らしい会社の展示が多い。ポンポンと小気味のいい音をたててワインやシャンパンのボトルが開けられ、それぞれの会社の代表達がにこやかに、各ブースの前でグラスを掲げていた。

翌日からは忙しくなった。来館するバイヤーの数が多く、通訳だけでは手が回らないので、私もいろんなブースで手伝いをしなければならない。その合間には電話で新聞社の取材を取りつけたり、ミスター・カークのインタビューに立ち会ったりと、ミス・オハラの指揮の下、緊張の毎日が続いた。

二十日からは会期が後半に入り、一般に公開されるようになった。そうなると平日にも人出は勢いよく増え続ける。ピークとなった二十一日の日曜日には、まるで大津波のような勢いで、二十四万人もの群衆が各パビリオンに襲来した。当然ワシントン州館も、大勢の家族連れでごった返した。各ブースで配布するために準備されていたパンフレット類は、開場して一時間も経たないうちに、すべて子供達に持って行かれて無くなった。

私達も通訳どころではない。一日中人波の中でもみくちゃにされながら、ところてんを押し出すように、人々を出口へ出口へと送りだすことが仕事になった。会場中央の広場を埋め尽くす老若男女の大きな写真が、翌朝のあらゆる全国紙の一面を飾っていた。


会期もいよいよあと二日となるとバイヤーの訪問も少なくなり、通訳に駆り出されることも減ってきた。一般客の波もだいぶ引いてきた午後四時過ぎだった。私はタイプライターに向かって館長に命じられた報告書を作っていた。急ぐ書類ではないから、速く仕上げるより数字を正確にと言われて慎重に打っていると、突然ピーッと誰かの口笛が響いた。

え？　と顔を上げて音のした方を見ると、スーツを着た若い男性の二人連れが人波の一番前に立って、笑顔で私に向かって手を振っている。一人は前の会社で同期だった倉町君、もう一人は倉町君がよく一緒に飲みに行っていた一つ年上の先輩。私も何度か誘われて、二人一緒にご馳走してもらった。その先輩が私と目が合ったとたんに、大声で叫んだ。

「やっぱりタイプ打つの遅いなあ」

周囲の人々が「ええ?」という表情で、私の手元に好奇心一杯の視線を向けてくる。

私は急いで立ち上がり、笑いながら二人の居る所へ走った。口を尖らせて先輩のお腹にジャブを当てる真似をしたり、倉町君とハイタッチをしたりしていると、懐かしさが胸にこみ上げてくる。送別会をしてもらったのはほんの三ヶ月前のことなのに、今ではまるで、あれから何年も経ったような気がする。

「五時になったら帰れます」と二人に伝えてタイプの仕事に戻った。終業時間に出口へ行ってみると、なぜか倉町君が一人で立っていた。

「あれ、先輩はどうしたの」

「うん、僕が酒井さんに話があるからって、先に帰ってもらった」

私に話って何だろう、想像もつかなかったがとにかく一緒に大阪駅まで戻り、喫茶店に入った。今日の倉町君は珍しく真面目くさった表情を浮かべ、黙ってケーキを食べている。コーヒーを飲み終わるとゆっくりと背筋を伸ばし、膝に両手を揃えて私の顔を見た。

「僕な、あれからずっと酒井さんに謝らないかんと思ってたんや。けど君が会社におった間は、どうしても謝ることができなかった。ごめんな。僕がボーナスのことでいらんことを言うたから、腹立てて会社辞める気になったんやろ」

　私は慌てて首と手を同時に振った。

「違うわ。倉町君とは全然関係ないのよ。私が会社を辞めたのは自分が未熟で世間知らずやったために、見えない壁にぶち当たったからよ。今はその壁を乗り越えるために、頑張って英語力を身につけたいと思ってるの。倉町君のお蔭で、本気で英語を勉強する気になったんやから、私の方がお礼を言わなあかんわ」

　彼は神妙な表情で頷いたが、すぐに首を傾げて尋ねてくる。

「その、見えない壁って、どういうことや？」

「うーん、一言で言うと、日本の男社会の因習ってことかな」

「ふーん、よう分からんけど、まあとにかく、勉強する気になったのはええことや」

まだ首を傾げていたが、最後には偉そうな表情で頷いた。

　地下鉄の駅で別れる時には、もう以前通りの倉町君だった。階段の前で立ち止まるとにやにやしながら大声で、「もっとタイプの練習もしろよ」と怒鳴った。周囲の人々が驚いた様子で私の顔を見る。私はアカンベーをしてから、笑って手を振った。

一人になって地下鉄に揺られながら、倉町君の言葉を思い返していると、突然ジェイスンの顔が頭に浮かんできた。会期が始まってからは忙しさに紛れ、〈彼と話す機会がない〉というのを、自分に対する言いわけにして忘れていた。いや、忘れようとしていたのだろう。その気になれば、謝る機会なんて何度でもあったはずなのに。

明日はいよいよ見本市の最終日、最後のチャンスだ。倉町君の勇気を見習って、明日は絶対にジェイスンに謝ろう。明日を逃したら、きっといつまでも後悔すると思う。


最終日のお昼休み、ミス・オハラに呼ばれて、館内の隅に作られたミスター・カークの執務室に入った。ミス・オハラが澄ました顔をして、私の手に白い封筒を載せた。

「モモコ、これはミスター・カークがあなたのために書いて下さった推薦状よ。できれば神戸か大阪にある、アメリカの会社の日本支社で仕事を探したらいいわ。この推薦状はきっと役に立つはずよ」

欧米の映画を見ていると、誰かが仕事を辞める時、前の雇い主が次の仕事のために、雇い人に推薦状を与える場面が出てくることがある。だから私もそういう風習があるらしいことは知っていた。だが、まさか自分のために推薦状を書いてもらえるなんて、想像もしていなかった。たった一ヶ月アルバイトをしただけなのに。ロイヤルホテルのスイートの部屋で下手なタイプを打っていた頃、前の会社を辞めたいきさつを、コーヒーを飲みながら三人に話したことがあった。二人はそれを覚えていて、私がこれから就職先を探すと思ったのだろう。彼らの好意に感激して思わず涙ぐみそうになった。ミス・オハラが黙って私の肩を引き寄せて、優しくハグをしてくれる。ミスター・カークには私の方から駆け寄って、彼の右手を両手で握りしめた。

「僕らは来年も神戸に来るから、又すぐに会えるよ」

彼は照れくさそうに頷きながらそう言った。

後片付けも済み、いよいよ別れの時が来た。ミスター・カークとミス・オハラは日本人スタッフ全員と、ハグを交わしたり握手をしたりして別れを惜しんでいる。それが済むと全ての予定を終えた解放感のせいだろう、二人はいかにもリラックスした様子で、笑い声を立てながらホテルへと戻っていった。

淡い夕闇の降り始めた会場で、私はジェイスンを探した。さっきまで通訳の女の子一人一人と別れを惜しんでいたのに、いつの間にか彼の姿は消えていた。パビリオンの中にも周囲にも、もう誰もいない。とうとう謝れなかった。人の気持ちを傷つけて謝らないなんて、最低だと思う。重い心と足をひきずり、心の中で自分を責めながら、一人で駅へ向かって歩いた。

駅の近くまで来た時、薄闇の中から突然私の名前を呼ぶ声が聞こえた。顔を上げると、道端にジェイスンが一人で立っている。彼は早口の英語で話しかけてきた。

「遅かったね。もう会えないいんじゃないかと心配したよ」

私は思わず彼の腕を摑んで叫んでしまった。

「ジェイスン、あなたにどうしても一言謝りたかったの。ミス・オハラにあなたの日本語について、失礼なことを言ってごめんなさい。私の英語こそいい加減で下手だと自分で分かっているのに。本当にごめんなさい」

澄んだ緑色の眼を丸くして、ジェイスンは声をあげて笑った。そしてゆっくりと考えながら日本語でこう言った。

「モモコ、君が謝る必要はない。僕はシアトルに帰ったら、すぐに日本語の学校へ行こうと思う。神戸市とシアトルは姉妹都市。だから、通訳は大事な仕事です。モモコのお蔭で僕の日本語は、今のままでは駄目と分かった。だから僕は君に感謝してる。アリガトウ」

ジェイスンの笑顔がゆっくりと涙でかすんできた。

了

あとがき

小学生のころ我が家では午後六時に夕飯を食べ、八時に就寝するのが決まりだった。しかし私は部屋の電気を消した後、布団の中に電気スタンドを持ち込んで夜中まで小説を読みふけった。

当時の文学全集にはたいてい難しい漢字にはルビがふってあった。そのお蔭で『吾輩は猫である』『山椒大夫』『路傍の石』『大地』などなど、母の本箱から持ち出しては読むことができた。そして小説を書く人になりたいと思った。

しかし女の幸せは結婚して子供を育てることだと説く母に反対され、その夢はあえなく挫折した。

あれから六十年余を経て、「十八十色大賞」に『タッチー』を応募したのをきっかけに文芸社からお誘いを頂き、退職後ぼちぼちと書き溜めた小説を出版して頂く運びとなった。

出版に際しては、文芸社の今井周氏とスタッフの皆様に大変お世話になりました。又表紙絵につきましては、いきなりのお願いにもかかわらず、素敵な絵を描いて下さった中田康子氏に心からの感謝を捧げます。皆様、有難うございました。

春名紀子

著者プロフィール

春名 紀子（はるな のりこ）

1944年、大阪市に生まれる。
1967年、神戸市外国語大学英米学科卒業。
1970年に結婚後、育児の傍ら自宅で学習塾を経営。
2000年、神戸市外国語大学大学院英語科修士課程修了。
2001年～ 2015年、阪神間の3大学で英語非常勤講師。
2012年、神戸大学大学院国文科博士課程修了（文学博士）。
2012年から大阪文学学校在学中。
趣味：テニス、海外旅行

りんどう慕情

2022年 3 月15日　初版第 1 刷発行

著　者　春名 紀子
発行者　瓜谷 綱延
発行所　株式会社文芸社
〒160-0022　東京都新宿区新宿1－10－1
電話　03-5369-3060（代表）
03-5369-2299（販売）

印　刷　株式会社文芸社
製本所　株式会社MOTOMURA

ISBN978-4-286-23436-6